フィクションのポリティクス

福士　航
服部典之
岩田美喜
小林亜希

英宝社ブックレット

序文

新歴史主義の台頭とポストコロニアル批評の隆盛以降、「ポリティクス＝政治」というテーマはあまりにも英文学研究の学界を賑わせてきただけに、二〇一五年の今改めてこのテーマをフィクションまたはイギリス小説批評に関する書物のタイトルとして取り上げるのは、屋上屋を架す、または一時代前の流行に拘泥する「遅れてきた」行為と思われるかもしれない。ポリティクスが論じられるとき、しばしば文学作品の中身や価値が軽視されるという批判がなされてきたことも思い返すべきであろう。

我々執筆者はこれらの懸念を肝に銘じた上で、にもかかわらず、文学作品における「物語のありよう」や「恋愛の進行」や「作品の語り」や「小説の寓意」を考えるとき、フィクションのポリティクスを等閑視しては作品の本質を見誤る可能性があることを改めて確認しあうに至った。従って、本書は「ポリティクス」という抽象観念から演繹的に各章を執筆したわけではなく、各自が具体的作品論を持ち寄った結果、「ポリティクス」が共通項として浮上したというのが正確な言い方となる。

具体的には、日本英文学会東北支部第六八回大会（二〇一三年）において、我々は何度か打ち合わせを行い、議論を重ねた上で、同名のシンポジウムを行ったのだが、非常に活発な質疑応答があり、盛況のうちに終了したことが契機となっている。反響は大きく、書物のかたちで世に送り出してはどうかという勧めもあり、本書を出版して世に問うことを決意するに至った。我々はシンポジウムに基づいて議論を積み重ね、発表原稿を大幅に書き直した上で、同シンポジウムの司会を勤めた福士航が編集して完成した論集となった。

本書の成り立ちを右のように説明すると、当然、我々執筆者は特定の政治的あるいは文学理論的立場の精鋭化・精緻化を図るものでないということはおわかりいただけると思う。それではポリティクス＝政治を筆者たちがどのような概念として捉えているかを三点に分けて説明したい。

第一には、ポリティクス＝政治を国事・国政と関わる概念として考える。桂冠詩人という存在のあり方や宮廷仮面劇のありようを考えるだけでこの点には首肯していただけると思うが、文学作品は特定の国政状況を下敷きにしている、あるいはそれに巻き込まれる、あるいはそれに積極的に関与しようとしている場合がある。国政と関連の深い文学作品は多岐に渡っており、本論集は何らかの形で国事・国政に関わりがあるフィクションを一七世紀、一八世紀、一九世紀、二〇世紀と時代横断的に取り上げ、それぞれに新たな読みの可能性を示すことを目指す。

第二には、我々文学研究者たちは政治的に中立で無色透明な立場からテクストの審美的価値を論じることはできないだろうという認識に根ざすものである。文学を読みそれについてなにかを論じ書くという行為には、大なり小なり論者の政治的意識が関わらざるを得ない。もしくはそれを故意に回避して美的価値に特化することは、作品の本質に関わる重要な部分に目を塞ぐことになるのではないだろうか。我々執筆者はこの点を特に意識して論を進めるようにした。

第三には、フィクションの生成・制作、つまりものを書くという行為には不可避的に権威あるいは権力に関するポリティクスが内包されている、という意味での政治性である。従来の批評で政治的読みが試みられる場合、ともすれば、作品の発表された当時の政治的コンテクストの掘り下げに終始してしまったり、批評家の政治的主張にとらわれすぎたドグマティックなものになったりしがちであったと思われる。本書は、あくまでも文学作品の有効で新たな読みを第一に目指し、その上で作品の成立・存立もしくは解釈に否応なしに介在してくる政治性＝ポリティクスを浮き彫りにしようとした試みである。

我々の企図をこのように纏めてみると、新歴史主義の嚆矢となったスティーヴン・グリーンブラットの『ルネサンス的セルフ―ファッショニング』が出版された一九八〇年の翌年に上梓された『政治的無意識』でフレドリック・ジェイムソンが提示した問題意識に我々が立ち戻っていることは意識せざるを得ない。我々は、彼が言うように「文学はたとえばどれほど神話性が弱められていても、私たちが政治的無意識と呼んできたものによって支えられている」ことを認めるものであるし、「私たちが歴史や〈現実界〉そのものに接近しようと思うなら、どうしても、政治的無意識のなかでまず最初におこなわれるテクスト化と物語化を経由せねばならない」というジェイムソンの提案に沿った実践を行っていることは事実だからだ（ジェイムソンの訳は大橋・木村・太田訳『政治的無意識』（平凡社）による）。

ただ、我々執筆者は「ジェイムソン的マルクス主義」に必ずしも与しているものではない（前述した政治の第二の定義からすると与しても悪くはないのだが）。我々はまず最初に文学研究者であって、それぞれが作品に隠された（ジェイムソン流に言うなら「抑圧された」）意味や重要性を汲み取ろうとしているのであり、恣意的政治を無理矢理読み込もうとしているわけではないのである。従って、我々の読みの実践においては、傑作と言われる作品において「永遠のものとして祭り上げ」られた「ヘゲモニーを握る階級の声」に対する「論争的で転覆をめざす戦略という観点から書き直す」と言った物言いはしない。あくまでも四人が四作品を誠実にハンブルに読んだ結果を、もちろん網羅的とはなり得ない四つの「モデストなプロポーザル」として読者諸氏に提示しているに過ぎない。

簡単に各章を紹介しよう。第一章、福士航の「『ある貴族とその妹の恋文』における二重のポリティクス」では、著者ペインが、モンマス公の支持者であったフォード・グレイ、つまりプロテスタント主義者をモデルとしたフィランダーを主人公としたことと、著者自らは強烈なカソリック主義者でジェームズの王位継承を認めようとするトーリーの擁護者であったこととの齟齬から論を始める。この意味の政治は定義一に沿うものである。この分析を通して福士は「物語行為(story-telling)そのものの持つ政治性」を明らかにしようとしており、このように政治が扱われる様は、我々の定義三による実践である。フィランダーの愛人であるシルヴィアは実は王権神授説を唱えるトーリー党支持者であって作者ベインに政治的立場は最も近い。このシルヴィアというキャラクターが前半の受け身的女性から後半の自ら男を欲望する娼婦的存在にドラスティックに変貌するストーリー展開に着目して、福士はベインのトーリー政権擁護の立場と女性のフェミニズム的主張が作品中どう折り合いをつけるかを、他のベイン作品に縦横に触れながら、語り起こしていく。

第二章「ロマンスとポリティクスが交錯するところ――『トム・ジョーンズ』におけるジャコバイトの反乱とソファイアの遁走」で、服部典之は作者フィールディングが強烈なハノーヴァー朝支持者であったにも関わらず、主人公トムの最愛の恋人ソファイアを含む彼の友人たちをわざわざ、名誉革命で放逐されたジェイムズを擁護するジャコバイト派として（もしくはあたかもそうであるかのように）描写している謎に迫る。ここでの政治は定義一に該当する。実際に作中に書き込まれるジャコバイトの反乱鎮圧軍の行軍と、トムとソファイアの恋の逃走の物語の交錯を議論し、本作がリバティーン文学の終焉と反乱の時代の終焉を宣言して、恋愛が代表するプライヴェートな価値観により大きな価値を置く近代小説の成立を体現する作品となっていることを主張する。この議論の展開は政治の定義三によるものである。

第三章、岩田美喜の「「それ以上の詮索はおやめなさい」――『放浪者メルモス』における、〈書くこと〉への両義的欲望――」は、『放浪者メルモス』という作品は、一九九〇年代よりポストコロニアル批評による読みが趨勢で「ビッグ・ハウス小説」として読まれてきた、つまり政治の定義二により文学研究者がその政治的立場を強烈に投影して読んできた作品なのだが、その姿勢に異を唱える。概念先行型の読みが無視してきた複雑で何重もの入れ子型の物語を持つ〈語り〉にこそ目を向けるべきだと主張する。あまりにも複雑な構造であるこの小説はいびつであり「嘘っぽさ」があるのだが、実は綿密に読むと、メルモスという中心人物には、おのれの存在に対する表象レヴェルでの両義的態度、おのれを書き残しつつ同時に消し去ってしまいたいという、〈書き記す行為〉そのものに対する二律背反的衝動が見られるのだ、という新たな発見を提起している。

第四章では小林亜希が「核時代のロビンソン――『ピンチャー・マーティン』における〈ロッコール〉表象――」で、従来批評とは全く異なる観点からの読みを提案する。水兵マーティンは物語で、北大西洋に位置する孤岩に漂着するのであり、死にもの狂いで海面浮上しようとする典型的「ロビンソン物語」として始まっている。マーティンの格闘は、重く自分を引きずり込むブーツを脱ぎ捨てるという行為が最もよく象徴している。かろうじて脱ぎ捨てて生に執着するマーティンだが、実は最終章で、ある人物がマーティンとおぼしき死体を指して「ブーツを脱ぎ捨てる時間もなかった」と語り、矛盾が露わとなる。従来批評はテクストの意味作用をテクスト内部に限定しているが、小林は政治の定義一と密接に関連する事態として作品舞台となるロッコールという岩礁に着目する。ロッコールはイギリスが大英帝国最後の領土として領有権を主張した「無人島」であり、重要な地政学的意味があるとする。しかしこの場はあくまでも孤岩であり執拗に書き込まれることでのみ成立しえた島で、実はポリティクスの言説によって仮想的に構築された空間であって、『ピンチャー・マーティン』という作品におけるマーティンはロッコールという名前を抑圧し〈無〉の岩礁に自らの欲望を書き込んでいく振る舞いによって、ロッコールという大英帝国の虚構のポリティクスをミミックしているのだという驚くべき結論を引き出すのである。政治の定義三の見事な実践といえるだろう。

先ほど述べたように、我々のこの書は「フィクションのポリティクス」に纏わる四つの英国小説を四様に読んだ小さな実践である。大きな文学理論が流行してはまた次の流行がそれに取って代わる、めまぐるしい文学研究の時代は終焉したように思える。ただ、波瀾は依然として続いているのであって、二十一世紀に相応しい新たな文学研究のありようについては様々な提案がありうる。しかし、あくまでも対象として英文学の作品がある以上、単にそれをネタとして使って全く別の話を語るのは我々のディシプリンのあるべきかたちではないだろう。複数の時代を見渡す、もしくは同時代の複数の空間に目配せをした、小さな試みは常になされるべきだと考える。我々のささやかな試みもそのような試みの一歩である。

なお、この小著の刊行を勧めて下さった、日本英文学会東北支部支部長の箭川修先生には、執筆者一同、深甚なる敬意を表し感謝申し上げたい。本書刊行に当たっては、英宝社の編集長の宇治正夫氏に大変お世話になった。本書の出版を快く引き受けて下さった英宝社社長の佐々木元氏とともに、お二方にも心からお礼を申し上げたい。

二〇一五年一月

服部典之

目次

フィクションのポリティクス

第一章

『ある貴族とその妹の恋文』における二重のポリティクス

福士　航

はじめに

一六八二年八月一二日、アフラ・ベイン（一六四〇―一六八九）は、当局から拘留に処するという通達を受ける。同年八月一〇日に上演された、匿名作家による『ロムルスとヘルシリア』に彼女が寄せたエピローグがその原因だった。エピローグを述べたのは、一〇年来の舞台経験を持つメアリー・リー、この時には再婚しスリングスビー夫人となっていた女優で、彼女にも同様に拘留命令が出された。当局の目を引いたのは、おそらく次の一節だ。

美しい女性たちよ、不幸な乙女を憐れんで下さい、
運命に、そして不実な愛によって裏切られた乙女を。
かつては私も無垢だったのです、罪を犯すやり方も知らないほどに、
あの嘆かわしい悪魔がやってきて、
私の名誉、私の誠実を破壊してしまうまでは。
愛！　それは野心 (ambition) とともに、私たちを逆徒にしてしまうもの。
すべての反逆罪の中で、私の犯した罪はもっとも呪われたもの、
王である父 (a KING and FATHER) に真っ先に反乱を起こしたのだから。
この罪は、神も、人も、決して許すことができないもの。
私も、生き延びるつもりでは演じられなかったのです。

（一―一〇行）

スリングスビー夫人が口上を述べる際に演じている役柄は、敵方の若者に恋をして、母国ローマを裏切ってしまう乙女タルペイアである。ここで彼女は「愛」と同様に人を逆徒へと変えてしまうものとして、いささか唐突に「野心」に言及するが、この言葉は一六八二年当時、ある人物を指す決まり文句の一つとなっていた。すなわち、チャールズ二世の庶子のなかでの長子、モンマス公ジェイムズ・スコットである。カトリック陰謀事件以降、プロテスタントのモンマス公は、戦上手で国民の信望が厚いこともあり、反ヨーク公、反カトリック陣営の旗頭として担ぎ出されていた。ワトソンによる伝記研究によると、モンマス公の母ルーシー・バーロウとチャールズが実は秘密裏に結婚しており、その証書も存在するというまことしやかな噂はささやかれ続けていたのだが、一六八〇年頃には、親モンマス公派によって、とある「暗箱」にその証書が仕舞い込まれているという主張もなされるようになっていた（一二五—一二八）。反対に、モンマス公と対立する立場の言説では、例えばジョン・ドライデンの『アブサロムとアキトフェル』（一六八一）でのように、庶子の身分ながら野心を持ったがゆえに王位を狙った男として、モンマス公は描かれることが多かった。ベインは、スリングスビー夫人演じるタルペイアの声を借りて、「王である父」への反逆を許されざるものと断罪しているが、チャールズ二世は、モンマス公が自身と反目する立場に回った時にも、彼を寵愛し続け許し続けた。王に態度の変更をせまるような、いくぶん僭越な主張が、おそらくは検閲の対象となったのである。

実際にベインが拘留されたという記録も残されておらず、ジャネット・トッドによる伝記研究では、実際には拘留されなかったのだろうと推測しているが（二八九）、ベインの作家としてのキャリアを振り返ってみると、この筆禍事件は一つの転換点と重なる。一六八二年一一月には、それまでに二つあった勅許劇団、国王一座と公爵一座が、前者の経営難を契機に経営統合し、統一劇団として再出発する。その結果、ベインがプロの劇作家として収入の柱としていた、新作の芝居を通じての報酬が従来よりもはるかに得にくい状況が生まれた。ベイン自身の劇場での「失策」と、劇場ビジネスそのものの変化とが重なった時期に、ベインは戯曲とは異なる作品制作に向かい、長編の書簡体小説『ある貴族とその妹の恋文』三部作（第一部出版一六八四年、第二部出版一六八五年、第三部出版一六八七年）を完成させることとなる。

『ある貴族とその妹の恋文』は、グレイ卿フォード・グレイが妻の妹ヘンリエッタ・バークレイと駆け落ちし、舅のバークレイ卿に訴えられた一六八二年のスキャンダルをもとにした鍵小説である。グレイ卿はモンマス公の支持者で、反ヨーク公派の中心的な人物の一人として知られていた。一六八三年にグレイ卿は、チャールズ二世とヨーク公ジェイムズを暗殺しようとしたライハウス陰謀事件に関与し、ロンドン塔に収監される途中で逃亡、大陸へ渡り、モンマス公とその支持者たちと合流する。『ある貴族とその妹の恋文』第一部において、グレイ卿をモデルとしたフィランダーと、ヘンリエッタをモデルとしたシルヴィアとの間で交わされる恋文の背景には、国家転覆を狙うテロ未遂事件があり、第三部では一六八五年のモンマス公の反乱の顚末が、彼をモデルとしたシザーリオとその妻との関係を通じて描き出される。グレイ卿／フィランダーとヘンリエッタ／シルヴィアの恋愛模様を軸に、国を揺るがす政変を編み込んだテクストは、後述するようにベインが劇作を通じて描き続けてきた、絡み合う性と政治というテーマを散文フィクションでも取り組んだものと言えよう。

本稿の目的は、『ある貴族とその妹の恋文』における政治の表象と恋物語のレトリックとの関連を読むことにある。同時に、作家アフラ・ベイン自身を濃密に喚起させる語り手の問題を考察し、物語行為(story-telling)そのものの持つ政治性をも明らかにしたい。政治と恋愛を重ね書きする手法は、ベインが劇作家としてのキャリアを通じて培ってきたものでもあり、作家自身の声を届けようとする態度は、出版時の序文などで彼女がしばしば示してきたものでもある。そこで、ベインの『ある貴族とその妹の恋文』以前の劇作に目を向け、彼女の政治がいかにテクストに書き込まれていたかをはじめに確認したい。

ベインの演劇テクストに見られる二重のポリティクス

アフラ・ベインは、国政と関わりの深い作家である。彼女の伝記的事実を振り返ると、劇作家としての活動を始める前には、スパイとしてイングランドのために仕え、第二次英蘭戦争

（一六六五―一六六七）のさなかフランダース地方に派遣されていたことがまず思い出される。資金の督促をするベイン直筆の手紙が残され、債務者監獄に収監されてもいたことを考えると、そこでの報酬が十分に得られていたとは思えないのだが、彼女の国王チャールズ二世と王党派への政治的忠誠心は衰えることがなかった。

とくに一六七八年のカトリック陰謀事件以降、カトリックであることを公言したヨーク公ジェイムズを、王位継承権者から排除しようとする政治運動、いわゆる王位継承排除危機に際して、ベインは、ジェイムズの王位継承を認めようとする一派、トーリーを支持する言説を、劇作を通じて盛んに生み出していた。なかでも一六八一年一二月初演の『円頂党員』は、一六六〇年に出版されたジョン・テイタムによる『長期議会』を種本とし、露骨にトーリー支持を打ち出すプロパガンダ劇である。一六八一年一月に、ジェイムズの王位継承権排除を要求した下院の要求を、チャールズ二世は議会を解散することによって明確に拒否する。直後の三月にオックスフォードで開催された議会も一週間で再び解散され、それまで優勢だったシャフツベリ伯爵率いるジェイムズ排除派の旗色が一気に悪くなったのだ。時勢に棹さすベインは、一六四〇年代の議会派による共和制統治を無軌道なものとして描き出し、一六八〇年代のホイッグの政治的主張を同様に無価値なものと風刺する。この劇の中でラヴレスという王党派貴族は、性的な魅力を備えた人物として描かれる。議会派の指導者ランバートの夫人は、女性ながら自らも政治参加し議会を牛耳ろうとするほどの人物だが、ラヴレスに恋すると次のような台詞を口にしさえする。

あなた方男性には、神のような美徳が備わっているのでしょうか。
というよりもむしろ、あなた方の党派に、でしょうか。
秘密集会の嘘とごまかしなど、呪われてしまえばいい、
そこがはじめに私に教え込んだのです、王党派を悪魔だと、
血に飢えて、みだらで、専制的で、野蛮な獣だとみなすようにと。
でも彼らは天使のような人たちなのでしょう、皆がラヴレスのようであれば。
そうだとすれば、王党派の長たる方は、どれほど神聖なのでしょう、
その家臣がこれほどまでに神々しいのですから。

（五幕一場三七九―八六行）

王党派貴族をセクシーなヒーローに描くことは、ベインお得意の手法だ。例えば、代表作の『流れ者』二部作（第一部初演一六七七年、第二部初演一六八一年）で、ロチェスター伯爵ジョン・ウィルモットなどの当代の放蕩貴族をモデルとし、王政復古喜劇を代表するレイク・ヒーローの一人ウィルモアを生み出したことを想起してみればよい。国王チャールズ二世はじめ王党派貴族の放埒な性生活は、政敵には格好の攻撃材料となったが、王党派支持者のベインにかかれば、性的な魅力こそが政治力のアナロジーとなるのである。『円頂党員』では、ラヴレスはウィルモアのような性的捕食者である必要はなく、「神々しい」までの魅力に引かれる女性を抱きしめてや

るだけで良い。ジェイムズ排除派に追い打ちをかける政治的な言説が、性愛の表象と絡み合いながら生み出されるのだ。

一方で、アフラ・ベインはまた、演劇作品や、その出版に際しての序文などを通じて、女性の主体性を認めさせようとする意思を示した作家でもある。現代のフェミニズム批評家が彼女の作品に引きつけられるのには一定の理由があるのだ。例えば、『サー・ペイシェント・ファンシー』（一六七八）出版の際に付された「読者へ」というよく知られた文章には、周囲は男性ばかりの劇作家界で、女性作家として活動することの苦悩がにじみ出ている。

この劇には、女性の手によるものであるという不運がありました。もし男性によって書かれていれば、町中でもっともつまらなくて頭の悪いごろつき文士によるものだったとしても、大いに賞賛されるべき芝居になっていたことでしょう。女性観客たちから評判を得られなかったことが、この芝居を大きく損なうこともありません。もっとも、彼女たちには、この劇の欠点はすべて、作者の不運のせいであると考えるだけの優しさと判断力があってしかるべきでしたが。なぜなら、作者はパンのために書くことを強いられ、それを恥じることなく認めており、したがってこの時代を（できることなら）楽しませなければならないのです。この劇を書いたやり方が時代には合っているものだという証拠も、いくつもあげられますが、このやり方はあまりにも陳腐すぎて、名声を求めて書く才人には憚られるものです。私でさえ、これは私の価値を下げるやり方だと軽蔑しているのですから。（五）

ジョン・ドライデンもそこで多くの演劇論を展開したことを考えると、出版時に付される序文などの文章は、劇作家自身の主張を展開する媒体としての機能を持ち合わせていたと言えよう。「パンのため」に、仕方なく時代の要請に見合った作品を書いている、という身振りをどこまで額面通りに受け取るかの判断は難しいが、パンの対極に「名声」を置いていることは注目に値する。今は自分の食い扶持を稼ぐために、プロとして時代を意識しながら仕事をしているのだという自負と、その姿勢に女性観客から共感を得られないことへのいらだちも見て取れる。なにより、女性であるがゆえに自分の作品が正当な評価を受けないことについて憤慨している点は、文壇に性的二重規範が存在するという異議申し立てであり、男女同権を政治的目標とする、現代における広義のフェミニズムと根本的な問題意識を共有するものと言えるだろう。

このようなベインのフェミニスト的態度は、序文などだけでなく、テクスト内部にもしばしば見て取ることができる。前述の『円頂党員』では、王党派貴族の善さを誇示するという政治的な目的のために、このような態度は脇に追いやられているように見える。議会政治に参画しようとする、主体的な活動家であるランバート夫人を、ラヴレスの性的魅力に屈する二次的な存在にしてしまっているからだ。しかしながら、ベインは、多くの作品の中で、トーリーの政党政治に与する姿勢と、女性を擁護する姿勢とを共存させてきた。例えば、前述の『流れ者』で、性的捕食者ウィルモアの手に落ちた娼婦のアンジェリカは、彼の不誠実を責め、ピストルを彼に突きつけるまでに至る。

アンジェリカ　さあ、裏切り者、
あなたの罪深い血液が、血管の中で凍えているのではなくて？
これ［ピストル］を見て恐れおののき、思い知ったのではないかしら、
あなたの恥辱にまみれた征服を誇っていられる時間も長くはないのだと。

ウィルモア　やれやれ、そんなはずないだろう、俺の血液はいつもと同じように流れ、いつもの体温も保っている。機会さえあれば、君をまたかわいがってやれるほどだ。

（五幕一場　一九六―二〇八行）

まったく改心する素振りのないウィルモアと、悲壮感を漂わせるアンジェリカとの対比が著しい終幕において、彼女の持ち出すピストルは一つの大きな山場を形成する。同時代の男性作家たちによる風習喜劇とは一線を画する場面だ。王党派貴族の性的魅力を、アナロジカルに政治力の比喩として用いるベインにとって、ウィルモアのようなリバティーンをどう描くかは大きな問題だったはずだ。一方で、多くの妾を抱える国王や王党派貴族を擁護するためには、リバティニズムを否定はできず、ウィルモアを魅力的なヒーローとして描く必要がある。しかしもう一方では、貞操観念に関する社会的二重規範、すなわち男性の放蕩には寛容な社会が、とくに上流階級

の女性が貞操を失うことを許容しないというジェンダー的不均衡が存在する中で、女性の不貞を生み出すリバティニズムには、女性の立場を失わせてしまう破滅的な力もあったからだ。アンジェリカのピストルは、リバティニズムのこうした両面的な価値に対して、立場を失ってしまった女性の側から突きつけられた異議申し立ての象徴と読めるだろう。ただし、このピストルの引き金が引かれることはない。娼婦でありながら真心を尽くし純愛を捧げたアンジェリカは、最終的にピストルを下ろしてウィルモアを許すと、放蕩者に捨てられた女として退場する。政党政治の力学と、性の政治学との間で、なんとかバランスを保とうと苦慮するベインの姿が透けて見える。

トーリー擁護の政治的姿勢と、女性の擁護に意識を向けているいわば原型的なフェミニストとしての姿勢を、『ある貴族とその妹の恋文』以前のベイン作品には、広く見いだすことができる。彼女の劇作からは、政党政治と性の政治学との間で、時宜に応じて立ち位置の比重を変えるベインの姿が立ち現れてくるのだ。政敵が引き起こしたスキャンダルをもとにした鍵小説『ある貴族とその妹の恋文』では、ベインがこだわり続けた二重の政治は、いかに表象されているのかを、次節より見ていこう。

フィランダーの男性性の欠如とシルヴィアのトーリー主義

『ある貴族とその妹の恋文』第一部は、冒頭の「梗概」を除くほぼすべての部分がフィランダーとシルヴィアの手紙からなるが、主人公の一人フィランダーは、ホイッグの集団グリーン・リボン・クラブの一員でモンマス公支持者だったグレイ卿が重ね書きされる。この点について、ベインは、トーリー主義者でヨーク公ジェイムズの支持者であるトマス・コンドンという人物に宛てた献辞で以下のように説明をする。

もしかしたらあなたは、ご気分を害し、こう叫んでしまうかもしれません。「一体全体、なぜあなたはホイッグ野郎の手紙なんかを私に捧げようというのだ？」と。しかし、ご機嫌を直していただくためにも、どうかシルヴィアはどの点をとっても正真正銘のトーリーであることに目を向けてください……（六）

恋人たちのうち、一人はホイッグでもう一人はトーリーであるということは、『円頂党員』におけるランバート夫人とラヴレスとちょうど合わせ鏡のような設定である。性的魅力を政治力のアナロジーとしてきたベインの劇作になじみのあった読者は、従来との違いに気づくことになる。ベインの得意な型は、王党派・トーリーの貴族をセックスアピールの強いヒーローとして描き、議会派・ホイッグの好色だが不能の老人から美女を奪う、という「寝取り(cuckolding)」のプロットであったからだ。本作では、いつもとは逆に、ホイッグの貴族とトーリーの上流階級女性との間で、パワー・ポリティクスの重ねられる恋の戦いが繰り広げられるのである。

ベインが献辞で述べているとおり、このフィクションにおいて、トーリーの政治思想を主張するのは、シルヴィアただ一人だけである。フィランダーの「計画」を伝え聞いたシルヴィアは、次のようにその中止を彼に嘆願する。

称号がもう一つ欲しいのかしら？　あなたが今しっかりと立っているところから、遙かに高いところへ上り詰めることができるとでも？　もしあなたが誤った希望に目がくらみ、既に上り詰めた栄光の高みから転落などせずに、誠実な忠誠心をもっていれば、それは流血と大逆罪によって王冠に手を伸ばすことよりも、遙かに価値があり輝かしいことです。大逆罪は消えません。何年も何年も、物語の中で生き続けます。……シザーリオを王にするためなのですか？　ああ、シザーリオが私のフィランダーにとって、いったい何だというの？　君主だとでも思っているのなら、ではあの王様、偉大で善良な許しの王をどうお思いですの？　王として、あなたの王として生まれ、自然の権利によって、自然法によって、神の権利 (right of Heav'n it self) によって王の座を保っておられる王を。（四一）

この作品中で、フィランダーとその仲間たちの「同盟 (the League)」によって、「大義 (cause)」や「計画 (design)」と呼ばれるものが、一六八三年六月に露見したライハウス陰謀事件である。

実際の陰謀者たちの計画では、チャールズ二世とヨーク公ジェイムズがそろって見物するのが恒例となっていたニューマーケットでの競馬をターゲットとし、二人がロンドンへ帰る道中にあるライハウスで伏兵による奇襲をかけるという手はずだった。しかし、ニューマーケットで大きな火事があり、予定よりも早く国王たちは帰路につき、その情報が陰謀者たちに届くのが遅れたため、このテロ計画はまったくの失敗に終わる。グレイ卿によって一六八五年に国王ジェイムズ二世宛に書かれたという手紙『ライハウス陰謀事件とモンマス公の反乱についての秘密の話』（一七五四年出版）を読むと、この陰謀事件は単発のものというよりは、スコットランドやロンドン市中などでの蜂起をも含む、大がかりな作戦の一部だったことがわかる。ロンドン蜂起計画の中心人物だったシャフツベリ伯爵やスコットランド人の牧師ロバート・ファーガソンらが、一六八二年秋に大陸へと逃れて以降、グレイ卿は計画が水泡に帰して「絞首刑になることを毎日のように恐れていた」（四二）と述べている。『ある貴族とその妹の恋文』では、この種の恐れをフィランダーが表明することはない。むしろフィランダーの命や名誉を心配するのはシルヴィアのほうであり、彼女の説得には王権神授説を支持するトーリーのレトリックがはっきりと見て取れる。「許しの王」として言及される国王にも、モンマス公の反目を許し続けたチャールズ二世が重ね書きされている。従来のベインの劇作においては、このような王党派・トーリー的価値観を体現するのは、男性の主人公やその仲間たちであったが、本作ではその役をシルヴィアが果たすことになる。

実際、フィランダーはシルヴィアを駆け落ちまで導くだけの、ある種の魅力を備えてはいるのだが、彼はむしろアンチ・ヒーローである。彼には、ベインが描いてきたヒーローの特徴の一つである主君への忠誠心が欠落している。フィランダーはシザーリオとともに王権転覆の計画に加担しており、その時点で現国王への忠義を欠いているが、のみならずシザーリオへの敬意も希薄である。彼らの計画が成功した暁には、「三つの王国が支配者を失い」、あたかも「宝くじを買い求める烏合の衆」が国の支配を狙うような状況になるだろうとフィランダーは述べる（四五）。さらに、彼は自らが国王の地位に就くことさえ夢想する。


もし最も強い剣が支配することになれば（そうならねばなるまい）……私の剣がその幸運を得ることがないなどと言えようか？　シザーリオも私と同じ権利を有するだけなのだ。（四五）

最も力のある者が国を支配する、という身も蓋もない権力論は、トーリー的王権神授説の神話と真っ向から対立する考えだ。フィランダーの上昇志向は、しかしながら、ある点で相対化される。彼が「寝取られ」であるという点だ。

彼〔シザーリオ〕は鈍い男で、自分のために私たちが命と名声を賭けて真の君主を引きずり下ろし、その庶子を王として戴くと夢想しているのだ。（彼は私たちに何一つ良いことを尽くしてくれたことがないというのに。もっとも、私から妻を寝取ったことを良いこととすれば別だが）。彼の政治は、彼の局部と同じくらいちっぽけだと、そして彼自身の私欲が彼を損なってしまったのだと私が考えたとしても、彼は許してくれるに違いない。（四六）

シザーリオへの敬意を欠く発言の陰には、妻を寝取られているというフィランダーの個人的な事情がある。冷笑的に、シザーリオが妻を寝取ったことを彼の善行と呼んではいるが、彼の政治力の低さを性器の小ささにたとえる卑猥で下品な比喩からも、フィランダーがシザーリオに信頼を置いていないことは明白だ。最も興味深いのは、プライヴェートな部分である男性器を象徴的にパブリックな政治的支配力の比喩として用いているフィランダー自身が、プライヴェートな領域で妻を制御できなかったにもかかわらず、パブリックな領域で自ら王になろうという野心を示している点である。さらに、フィランダーは自分の論理の矛盾に気づいていないように描かれており、作者の彼に対する皮肉的な態度がここからは透けて見える。

フィランダーのアンチ・ヒーロー的な性質は、もう一度性の、というよりも性器の関係する別のエピソードで開陳される。ある密会の夜に、フィランダーはシルヴィアを誘惑する。

あなたの部屋に入ると、私はバラが敷き詰められたベッドに身を伸ばしているあなたを見た。あなたの着ていた服は、艶めかしくゆるめられ、その奔放さと華やかさが、そんなことがあるのだとすれば、あなた生来の魅力を高めていたのだ。私は震えるようにベッドの脇に膝をつき、しばしの間、喜びと愛の恍惚で口をきくこともできず、あなたを見つめていた。あなたも黙っていた。それもずっと長く。ついに私は敢然とあなたの唇を奪った。……誘うようなうっとりとするキスの合間に、あなたはこう叫んだのだった。「ああ、私のフィランダー、私を損なわないで」「愛の最後の喜びに至るように、私を導いてはいけません」「ああ、気をつけて、私は永久に損なわれてしまうわ、あちこち手でまさぐるのはよして」「ああ、どこに手を伸ばしているの」……（五八）

この作品の駆動力の一つとなっているのは、何度も繰り返される、この場面に典型的な恋愛の――ポルノ的とさえ言える――描写である。道ならぬ二人の恋路こそが、読者の劣情を刺激し、覗き見趣味を誘うのだ。この時の密会には続きがある。

……私はあなたに襲いかかった、あなたは私の利かない体の下で、すっかり気を失って横になっていた。すると突然、私の力が稲妻より早く、力の抜けた血管を通り抜けてすべて過ぎ去ってしまった。すべて消え去ったのだ。私の体の下に押しつけられていた愛しの美女も、消え入りそうな美しい顔と目の魅力も、あなたの柔らかな腕に抱きしめられても、ため息のなか、なかば息が詰まりそうになりながら愛をささやく魔法のようなあなたの声も、あるいは私の愛、私の強力な感情をもってしても、私の逃げ去った活力を呼び戻すことはできなかった。ああ、あなたを見れば見るほど、触れば触るほど、私はだめになってしまった。（五九）

扇情的な描写が長く続いた後で、フィランダーの不能というアンチクライマックスが訪れる。フィランダーは、シルヴィアとの逢瀬でも「男を見せる」ことができず、男性性の欠如をさらに露呈してしまうのだ。そして、だめ押しとでも言うべき出来事が、この密会の最後に発生する。逢い引きがシルヴィアの父親に露見しそうになったフィランダーは、シルヴィアの侍女メリンダの「ナイトガウンとヘッドドレスを大騒ぎして身につけると」（六〇）部屋を後にする。すると、以前からメリンダを手込めにしようとしていたシルヴィアの父である伯爵氏に呼び止められてしまうのだ。

「さあ、こっちだ、可愛い子よ。」その言葉に私は体を引いて、こうささやいた。「まあ、あなたは私を妾にしてしまうおつもりなのですか?」彼は言った。「妾だって? お前は自分が何様だと思っているのだ?」私は前と同じように答えた。「私は娼婦ではありません」と。「そうだな。だが私はすぐにでもお前を娼婦にしてやれるぞ、私がぶらさげているモノでな、可愛い子ちゃんよ。だから時間を無駄にしないで、仕事にとりかかろう。」この老いてもお盛んな方が口にした嘲り言葉には、彼の断固たる決意が込められていたが、それにもかかわらず私は大笑いしてしまうところだった。……彼は片手に五〇ギニーの入った財布を持ち、もう片方の手には敢えてその名を呼ぶことを憚られるモノを握っていた。どちらもメリンダが受け取るのに十分価値がある贈り物だった。（六一）

女装したフィランダーは、第一に、外見上で女性化してしまっている。のみならず、使用人に金を握らせて体を買おうとしている老伯爵に、性器を見せつけられ、行為を強要されてしまうのだ。「大笑いしてしまうところだった」と、老伯爵を下に見る態度のフィランダーは、自分の情けない境遇を笑われる可能性には気づいていないようだ。妻を寝取られているフィランダーは、恋人との一夜で不能に陥り、その帰り道に女装を余儀なくされると、老人に売春されかける。フィランダーは、幾重にもわたって周到に男性性を奪われており、読者の嘲笑にさらされる存在なのである。

『ある貴族とその妹の恋文』第一部は、フィランダーとシルヴィアとの駆け落ちの成就で幕を閉じ、彼は誘惑者としてある種の魅力を持つのだが、彼の男性性には傷があるように描かれている。最も強い剣がこの国を支配するべきだ、という男根主義的な彼の政治思想は、したがって、彼自身を傷つけることになる。精力が衰えたはずの老人による性的搾取の対象となりかけるフィランダーに、最も強い「剣」は期待できそうもないのだ。国王の正統性の神話を信じない、彼のホイッグ的思想信条は、彼自身の身体的なあるいは男性的な強さの欠如によって、その主張の理路の薄弱さを露呈するのである。

シルヴィア——欲望の対象から欲望する主体へ

劇作で用いてきたパターンとは別のやり方で、政治を性の言説で語る本作において、おそらく問題になるのは、トーリー主義を体現するシルヴィアが誘惑された「被害者」であり弱い立場にあるという点だろう。彼女は次のような念押し、あるいは嘆願を繰り返す。

私は、自分が何者であるか、自分がどうなりえるのか、あるいは自分がどうあるべきかなどを顧みることなく、あなたが結婚しているという重大な事情も顧みることなく（そのことを思えばいつでも私の心は動揺するのですが）、あるいは私の幸せと安寧を懸念する他のどのような考えも顧みることなく、心を決めたのです。フィランダー、あなたを愛すると。あなたの不利な立場にもかかわらずあなたを愛し、私の身の破滅を誇りに思うと決めたのです。……もしあなたの中に、すこしでも愛に陰りが見られたり、あなたが一度でも誓いや約束を破ったり、あなたの顔に後悔が見られたり、あなたの目に冷たさが見られたりしたら（神様はあなたの目を楽しませようとするでしょうから）、神かけて、私は死にます。（八九）

シルヴィアは、自分の行為が自分の「身の破滅」になることを自覚している。不貞に対する社会的な二重規範にシルヴィアは自覚的であり、女性である自分が、フィランダーの庇護を失うと途端に立場を失うことを知っているがゆえに、フィランダーの愛を失うことを極度に恐れるのだ。シルヴィアは「自分が理解しないゲームに自分の心を投じてしまった」（二二）と嘆いているように、恋のゲームで主導権を握っているのは、フィランダーのほうである。ホイッグの誘惑者に負けてしまうトーリーの女性、という構図がある。恋愛上の力関係が、政党政治のパワー・ポリティクスと重なるとすれば（ベインは劇作でその構図を多用した）、トーリー主義者のシルヴィアが恋のゲームで負けることは、トーリーの敗北をも意味しかねないことになる。

実際、シルヴィアは、少なくとも作品の前半部においては、多くの男性の欲望に晒される受動的な存在として描かれる。第二部冒頭の「梗概」において、シルヴィアが欲望の対象と化していることが、男装という演劇的な仕掛けを用いて提示される。第二部の「梗概」は、物語の要約ではなく、第一部でフランス（つまりグレイ卿・ヘンリエッタのイングランド）から亡命したフィランダーとシルヴィアが、オランダに落ち着くまでのエピソードを語り手が語るもので、その中でシルヴィアは、好奇の目にさらされることを避けるために、フィルモンドという偽名を用い、男装していることがわかる（一二七）。男装のために「女性には得られなかった多くの細々とした特権」（一二六）を得て、男性としての自由を楽しむシルヴィアは、多くの女性から恋文をもらうばかりか、男性からも恋い慕われ、「少年を口説くのに適した歌」（一二七）のセレナーデを歌う殿方まであらわれるのだ。オクタヴィオはシルヴィア／フィルモンドが女性であることを確信していたとはいえ、見かけ上は美少年のシルヴィアに恋をする。劇場で用いられた、女優が男装するブリーチズ・パートは、例えば『田舎女房』でマージョリー・ピンチワイフが男装して男のふりをしてもホーナーに言い寄られ続けたように、かえって男装する女優の性的魅力をしばしば強調してしまう。同様にシルヴィアも、男装することで周囲の男性から欲望される結果となるのだ。
　第二部の本編に入ると、シルヴィアが男性の欲望の対象になるという構図は、偽装結婚相手のブリルジャードにも体を狙われるという形で倍加される。グレイ卿は、ヘンリエッタ・バークリーと駆け落ちをする際に、自らの手下であるターナーという人物と、ヘンリエッタを結婚させていた。もちろんこれは偽装結婚であり、実際にはグレイ卿とヘンリエッタとの蜜月関係が持続していたのだが、フィクション化された彼らの物語では事情が異なる。第二部冒頭で、フィランダーは亡命先のオランダから退去することを命じられ、その後シルヴィアはオクタヴィオの庇護下に置かれる。オクタヴィオもシルヴィアに好意を寄せる一方、法律上の夫としての権利意識に目覚めたブリルジャードは、なんとかシルヴィアを、正確に言えばシルヴィアの身体を所有したいという欲望に駆られるのだ。

「ああ、ブリルジャード、もし彼［フィランダー］が不実だったとしたら――もしあの愛しい人が誓いを破ったとしたら――ああ、神様！　あなたが生き延びさせてきた命を奪って下さい、神様によるる報復の大いなる証となるでしょうから」そう言うと、彼女［シルヴィア］はブリルジャードの腕の中に体を沈めた。彼は彼女が倒れそうになるのを急いで抱きとめたのだった。それは彼女を助けるためでもあり、世界で最も愛しい体を自分の胸に抱き寄せる喜びのためでもあった。彼の胸で、彼女の美しい顔は冷たくなり、活気が失せて青白くなった。しかし、その愛しい重荷を受け止める喜びに恍惚となった彼は、助けを呼ぶことも、彼女に生気を戻す手当てをすることも忘れ、愛と激情に打ち震えながら、千もの喜びを得たのだ。気絶した彼女の唇に何度もキスをし、彼女の口から短く漏れてくる息を吸い、彼女の胸（ゆるいナイトガウンに守られていただけだった）を性急にまさぐり、その甘美な喜びに酔いしれたのだ。（一四八）

気を失ったシルヴィアに痴漢行為を行うブリルジャードに、多くの読者は嫌悪感をおぼえることだろう。主人への公正さや恋愛における誠実さから最も遠いのがブリルジャードという人物なのだ。この特徴は、国王へ反旗を翻しかつシザーリオへの敬意も欠き、シルヴィアを裏切って別の女性（オクタヴィオの妹カリスタ）に恋をすることになる、彼の主人フィランダーとも重なると言える。いわば劣化版のフィランダーがブリルジャードであり、この主従二人の間で、ポルノグラフィックな記述が受け継がれていく。この直後にシルヴィアの意識が回復し、オクタヴィオが訪ねてくることでこのレイプ未遂のエピソードはいちど終わることになるが、シルヴィアを自らの欲望の対象とみなす視線は、フィランダーからブリルジャードへと引き継がれることになる。

ブリルジャードは執拗にシルヴィアの身体を狙い続け、遂に床入りを果たすかに見えた時に、主人フィランダーと同様の性的アンチクライマックス、すなわち、不能を迎える。ブリルジャードの不能は、主人のそれよりも一層情けないものだ。シルヴィアを籠絡するために、ブリルジャードは手紙を偽造してオクタヴィオになりすますという荒技に出る。オクタヴィオ宛てのフィランダーからの手紙（その中にはフィランダーの心変わりが記されているが、シルヴィアはそれが事実かどうか知りたくてたまらない）を、シルヴィアに見せるという約束をとりつけ、ブリルジャードは、その際に彼女を襲う計画を立てるのだ。「小バエからできたこの薬を一服すれば、愛の戦いにおいて驚くほどの名声を得られる」（二一六）とそそのかす医者を真に受けて、「我らが伊達男氏（Spark）［ブリルジャード］」は、一服では飽き足らず「もっと多く飲めばさらに素晴らしい驚きが得られるだろう」（二一六）と、怪しげな媚薬を大いに飲み下す。

> その後、彼は入浴して服を着ると、自分はまさにヘラクレスそのもので、少なくとも一二人の子供をはらませられると思い込んだ。しかし彼が麗しのシルヴィアと思った女性とベッドに横になった途端、耐えられないほどの腹痛に襲われた。それはこれまでに経験したことがないほどのもので、ベッドに横になってもいられないほどだった。……
> （二一六）

この腹痛のせいで彼は床入りをあきらめ、自室に戻らざるを得なくなるという、滑稽きわまりない結果に終わる。語り手が彼を呼ぶ際に用いている伊達男氏（Spark）という名前は、王政復古喜劇の文脈で、例えば『田舎女房』のスパーキッシュ氏（Mr Sparkish）の名前にあるように、洒落者気取りのフォップ（fop）のキャラクターをあらわすものだ。語り手が持って回った言い方で

「彼が麗しのシルヴィアと思った女性」と呼んでいるのは、シルヴィアが事前に侍女アントネットを身代わりとしてベッドに送り込んでいたからである。のどから手が出るほど入手したい手紙に、代価として自分の体をオクタヴィオ（実は名前を騙るブリルジャード）に要求されたシルヴィアは、その手紙の「不作法な文体」（二一〇）に怒り狂い、復讐心からアントネットを利用することにしたのだった。洒落者になりきれないフォップのブリルジャードは、ウィットの欠如を手紙でも露呈し、結果としてシルヴィアの代理とも床入りを果たすことができず、二重に残念な尻すぼみを披露してしまう。主人フィランダーのシルヴィアとの密会における不能のエピソードを、従者ブリルジャードはさらにグロテスクに拡大し、彼のシルヴィアに向ける欲望の醜さを露呈するのである。

ブリルジャードはまた、主人フィランダーと同様に性と政治を結びつけた言辞を用い、結果として自らの性と政治における力量不足を示すことになる。シルヴィアはフィランダーの心変わりを知ると、オクタヴィオと結婚したいと望むようになるが、もちろんそれは重婚にあたる。そこでブリルジャードは、シルヴィアのオクタヴィオとの関係を終わらせようと、「オクタヴィオがフランス王と組んでオランダ国家を裏切ろうとしている」（二六二）と嘘の情報をあるオランダ議員に流し、オクタヴィオを拘留させ、議会で尋問させることに成功する。その尋問の場で、男装してオクタヴィオとともに逃亡し議会に列席していたシルヴィアを、「自分の合法的に結婚した妻」（二六九）であると公言し、自らの優位を確立させようとするのだが、その反応は散々なものとなる。シルヴィアは「彼の耳元をなぐりつけ、ふらつかんばかりにさせ」（二六九）、ブリルジャードの男らしさに暴力的に傷をつける。さらに、オクタヴィオの叔父セバスチャンには、次のように罵倒される。

いやはや、ということは、この国家を裏切るとかいう騒音は、ただの寝取られ夫の夢物語だったのだな。ははは！　そしてこの素晴らしく危険な謀略というのは、単にあなたの妻に仕掛けられたものだったというわけだ。ははは！　そうなのだな？　まったく、このぶんだと、むしろあなたこそが国家を転覆させる計画を持っていると思えるな。ろくでもない寝取られ男が、美しい妻を連れてきて、われわれの若き議員をたらしこみ、真面目な分別をなくさせようとするなんて。（二六九）

主人フィランダーもそうであったように、ブリルジャードにも「寝取られ夫」というレッテルが貼られる。プライヴェートな空間で妻を管理できなかった男による、パブリックな場での政治的な発議は、その嘘が暴かれると、諸刃の剣のように公私両面においてブリルジャードを傷つけることになる。家庭内で男性性を発揮できないことを笑われ、議会という公空間で国家への反逆者と見なされてしまうのだ。劣化版フィランダーとしてブリルジャードは、性的にも政治的にも主人に輪をかけて能力不足を示す存在なのである。

シルヴィアが男性の欲望の対象となるのは、セバスチャンが「真面目な分別」をなくして彼女に恋をし、オクタヴィオとの三角関係が生じるエピソードでもう一つ追加されるが、この恋愛沙汰をうまく切り抜けるようになる頃から、シルヴィアは自ら欲望する主体として世間を渡り始める。彼女の欲望は、自分を男性に欲望させるという形で顕在化するのだ。第二部以降に登場する、いわゆる三人称の語り手は、シルヴィアの性質を次のように描写する。

彼女［シルヴィア］は……自分を崇拝する者が足下にひれ伏しているのを見るのが大好きでした。とくに、優雅さや、若さの魅力や、ウィットや財産などすべてを持ち合わせた人たちが、口説き落として愛を得ようと列をなすのを見ることが好きだったのです。彼女は、生来、権力と支配(Power and Dominion)を愛しました。彼女の金言はこうでした。「欲望を生み出すことができると知って、喜ばない女はいない。」（二七八）

シルヴィアが愛する「権力と支配」は、男たちの間に自分への「欲望を生み出す」ことで、逆説的に、男たちをコントロールするための力を得るということなのだ。自らの美や手練手管をそのために用いるのである。シルヴィアは、「媚びるような魅力」をもった「できるだけ愛らしさを装った、いくぶん気取った声」（二八六）で話しかけることで、それまでにすでに彼女の美しさに目を引かれていたセバスチャンを虜にする。有名な女嫌いで厳格な政治家であったセバスチャンは、シルヴィアのことを考えると「食べることも寝ることも、お祈りすることさえできない」（二九〇）状態になってしまうのだ。王政復古喜劇の文脈では、好色爺は、若者たちの嘲笑の対象になるストック・キャラクターの一種と言えるが、セバスチャンの老いらくの恋も同様にシルヴィアとオクタヴィオには笑われることになる。「年老いたセバスチャンの溺愛ぶりや、シルヴィアへの贈り物、突拍子もない若作り、普通ではない愛の作法」（二九二）が、シルヴィアからオクタヴィオへと手紙で伝えられ、「二人の大いなる気晴らしとなった」（二九二）。さらに、この三角関係で最も興味深い点は、シルヴィアが自分のためにセバスチャンの恋心と、さらに言えばオクタヴィオの愛をも利用することである。

私には、もうひとつするべきゲームがあります。驚かないでいただきたいのですが、それは、セバスチャンに結婚の約束をするということなのです。……私はすっかりあなたのものです。ですから、あなたに導かれて、彼のご機嫌を取り、私の自由を得たいのです。（二九七）

フィランダーとの関係では、ルールさえ知らないうちにゲームに巻き込まれたと嘆いていたシルヴィアを思い出そう。この地点に至ると、彼女はもはや初な乙女ではない。オクタヴィオとの結婚を最終的に果たしたいシルヴィアは、それを禁じるセバスチャンを油断させるためだけに、セバスチャンとオクタヴィオを利用したゲームを、自らの発案で行うのである。その結果得られるものは、彼女の「自由」なのだ。

フィランダーとの恋のゲームには負ける形ではじまったシルヴィアの恋愛遍歴は、セバスチャンを踏み台とし、オクタヴィオに自分への欲望を持たせることで、一つの勝利へ至ると言えよう。興味深いのは、オクタヴィオとセバスチャンは、ともにオランダ議会の議員であり、共和制の支持者であることだ。オクタヴィオはシルヴィアへの愛を禁じられると、次のように言い放つ。

しかし彼の叔父が、議会（States）は彼の愛人［シルヴィア］を追放するだろうと述べたとき、もはや怒りを抑えられずに、彼は考えられる限り最大の激烈さを彼らにぶつけた。そして、この汚らしい国（Provinces）すべてを統治する君主になるためだとしても、シルヴィアを手放しはしない、彼女の足下にひれ伏す虜（Slave）になるほうが、より大きな名誉だと誓って述べたのだ。彼は次のように叫んだ。「お仲間の議員たちに言えばよい。彼らはみな冷笑的なフォップなのだと。……彼らに言えばよい、厳格でつまらない共和制（Common-Wealth）を信奉するまぬけども、国事の汚れた重荷を背負うためだけに向いていて、忙しい馬鹿な老人として死んでいくだけの人たちを、私は軽蔑するのだ。」（二八二）

オクタヴィオは、第二部冒頭の「梗概」に、オランダで最も強力な一族である「オラニエ家の出自」（二一六）であることが記されている。つまりここでオクタヴィオが述べている共和制とはオランダの政体のことではあるが、同時に、一六四〇年代のイングランドを思い起こさせる言葉でもある。事実、王位継承排除危機の時期には、ヨーク公ジェイムズ擁護派は、当時と一六四〇年代との相同性を指摘し、「古き良き大義(good old cause)」を口にする共和制主義者が国を破壊しようとしている、というレトリックを多用した。「古き良き大義」は『円頂党員』の副題でもあり、ベインもこのレトリックを使用し広めた張本人でもあった。オラニエ家とモンマス公との接触も周知のことであった当時、共和制という言葉は、オランダ政体のみを指すというよりも、英国内のホイッグ一派をも示す記号として機能していた。シルヴィアが、オクタヴィオを虜にし、彼をホイッグ的政体から引き離したことは、恋愛上の勝利というだけでなく、ちょうど『円頂党員』でラヴレスがランバート夫人を虜にした時の合わせ鏡のように、トーリー主義者のホイッグへの勝利という意味合いも重ねられているのである。

誘惑された犠牲者的な立場にいたシルヴィアは、オクタヴィオに愛され十分な資金も提供されるに至ると、良く言えば自らの美貌と手練手管という恋愛リソースをもとに、利益を求めて自ら主体的に行動する女性に、悪く言えば墜ちた女、娼婦となる。オクタヴィオと別れた後、シルヴィアはブリルジャードを仲間に引き入れる。彼女は「愛や好意を受けられる希望と引き替えに、彼が自分の虜にも、ポン引きにもなることを知っていた」(三九六)からである。アロンソというフランダース地方の名家の出である男に目をつけたシルヴィアは、「愛や好意」ではなく「完全に利益のために彼に計略を仕掛ける」(三九六)ことをブリルジャードにもちかける。男装して彼に近づき、見事に仕留めたシルヴィアは、短期間で彼の財産を食いつぶすと、次の「獲物」（四三九）を求めて立ち去ることになり、そこで彼女の物語は幕を閉じる。利益のために男を漁ることの道徳的な是非を措くと、シルヴィアは、男性の欲望にさらされる立場から、自らの欲望を満たすために主体的に行動する女性へと変貌を遂げたと言うことができるだろう。

語り手「私」の性の政治学

シルヴィアの極端なまでの変貌を解釈する上で鍵になるのが、作品の語り手の存在である。フィランダーと別れた後のシルヴィアが進むことになる「娼婦」としての道程を、どう評価するかという点で、批評家の意見は割れている。[1] シルヴィアの娼婦化を批判する意見では、語り手がしばしばシルヴィアに対して皮肉的な態度を示すということが指摘される。この意見には一理ある。例えば、「彼女は内面に無分別という畸形を持つ割には、外見はあまりにも魅力的すぎた」（三七五）などと、時に厳しい言葉を用いて、語り手はシルヴィアに冷ややかな目を向けることがあるからだ。

しかしながら、実際のところ、語り手のシルヴィアに対する態度はほぼ常にアンビヴァレンスが伴うと述べた方が正確だろう。次の引用のように、シルヴィアに対して、非難するべきところはしながらも、一定の擁護もしてみせるのが、第二部以降、とくに第三部で頻繁に登場するようになる、いわゆる一人称の語り手の特徴である。

「あなた［フィランダー］なんか大嫌い、裏切り者！　厚かましくも、こうして私を騙し続けようとして！　まるで私には常識が欠けていて、あなたの卑劣さがわからないとでも言いたげに。嘘よりも利己的で卑怯なものなどあるのかしら？　あの下賤の者の小細工、名誉を重んじる人や才人には軽蔑されるものよりも。」彼女［シルヴィア］は、自分自身も等しく非難されるべき、もっとも軽蔑に値する特質を思い出すことなく、このように話したのだった。ただし、女性においてこの特質は、はるかに申し訳の立つものだ。なぜなら、女性の生活において、いくつもの細々とした行動が、非難や叱責の対象となりがちであり、それを女性たちは小さな嘘で言い訳したり言いつくろったりしがちなのだから。しかし男性においては、もっとも不誠実な行動でさえ、しばしば罪のない武勇伝(Gallantries)として通用するのだ。そして男性にとっては、千もの情事を重ねたことを認めるのは、汚名ではなくむしろ輝かしい彼の名声と手柄になるのである。彼［フィランダー］の場合（どんな不品行をすることも、それを自慢することも慣習では許されたが）、これはまったく勇ましい行為ではなかったと、私は申し上げる。（三一二）

シルヴィアが、自分も嘘をつくことを棚上げしているところには、語り手はシルヴィアも「等しく非難されるべき」と冷淡である。一方で、女性一般について語り、女性の小さな嘘を擁護するなかで、語り手は、ベインの演劇作品の背後にも存在していた貞操観念に関する社会的二重規範——男性の放蕩には寛容な社会が、女性が貞操を失うことを許容しないというジェンダー的不均衡

――をはっきりと批判しているのである。この二重規範のために、シルヴィアは「墜ちた女」として生きていかざるを得ないのだが、語り手の「私」はその矛盾に満ちた状況をよく認識している。
この語り手「私」には、濃密に作家ベイン自身を思い起こさせる部分がある。事実、この語り手「私」と、作者ベインが重なって見えるように、いくつか仕掛けが施されているのである。第二部から第三部にかけて、書簡だけでなくいわゆる三人称の語り手による語りが物語の大半を占めるようになると、次のように、はじめは筆の滑りのように何気なく、「私」が唐突に登場する。

オクタヴィオは、部屋から出るときにブリルジャードが入っていくのを見た。ブリルジャードは、私が述べたように、オクタヴィオがシルヴィアと一緒にいることを忘れていたのだった。（一五七）

次に「私」が登場するときには、「私はその後、シルヴィアが、フィランダーへの好意を持ち続けながらも、このように語るのを聞いたことがある」（一九三）とか、「私は彼女が次のように話すのを聞いた」（二〇二）と、キャラクターと直接関係を持つような、作中人物化した状態になる。作中人物化した「私」は、第三部でオクタヴィオが修道院に入る儀式について、「フランダースに住んでいたとき」（三八〇）に、「他の人たちと一緒に、私自身が、この儀式に行った」（三七九）と述べるのである。その儀式の壮麗な様子を目撃者として語る「私」は、修道士の髪の長さを「私たちのイングランドの聖職者たちと同じくらい」(三八〇)と記述するのだ。語り手はつまり、フランダースに行ったことのあるイングランド人だと自らを明かしているのだが、ベインがそこでスパイ活動をしていたことは前に述べたとおりである。第一部は匿名で出版された本作が、第二部と第三部では献辞に「A. B.」と署名がされていることも考え合わせると、作者アフラ・ベインが、自らを連想させるように語り手「私」を登場させていると読めるのではないだろうか。(2)

すこし遠回りのように見えるかも知れないが、第三部と時を前後して発表された、ベインの『幸運』(一六八六年初演、一六八七年出版)をインターテクストとして検証してみたい。『ある貴族とその妹の恋文』と並べてみることで、この時期にベインは性の政治学への関与を強めていることがわかる。性的二重規範への批判が、続けざまに作品中に書き込まれているのだ。この劇のヒロインであるフルバンク夫人は、サー・コーシャス・フルバンクというホイッグの老人政治家と、生活のために仕方なく結婚しているのだが、心の恋人ゲイマンへの思いを持ち続けている。サー・コーシャスがそれに気づき、世間に知られないようにすれば浮気を許すという、愚かな提案をするのが次の場面だ。

サー・コーシャス しかし、そうだとしても、もしわたしが親切にも、あなたが用心して愛することを許すとすればどうだろう？

フルバンク夫人　わたしはあなたの許可など得ずに、やります。
サー・コーシャス　なに、わたしを寝取られ男にするというのか？
フルバンク夫人　そうではなく、思慮を持って愛するのです、わたしがそうすべきように正直に。
サー・コーシャス　夫以外の誰かと、恋に落ちるというのか？
フルバンク夫人　そうよ。

（五幕二場一一八―一二四行目）

フルバンク夫人のあけすけな貞操義務違反宣言には、夫と社会への挑戦的な態度が明らかに見て取れる。優先されるべきは、結婚制度や貞操義務という社会的な慣習ではなく、「わたしがそうすべきように」という自らの自由な意思なのだ。原義的な意味でのリバティニズムを、フルバンク夫人は行動原理に掲げているのである。放蕩貴族が主導する形で流行したリバティニズムは、潜在的には、女性にも性的な解放をもたらす力を備えていたが、実際には貞操観念に関する社会的二重規範は存在し続けた。ベインはこの二重規範に、男性には許されるが女性には許されないというものに、『幸運』においても挑戦しているのだと言えよう。シルヴィアは必要に迫られて利益追求の娼婦的な行動を取るようになるのだとすれば、フルバンク夫人はより自由意思に基づいて自ら「娼婦」となることも厭わないのである。

自分の心のままに愛するだけ、というフルバンク夫人の大胆な宣言は、実際には実行に移されることはないのだが、その点で女性観客から不興を買ったことが、出版に際しての序文に記されている。そしてそのことに対してベインは、大いに反感を覚えてもいる。

もうすこしこの劇を擁護させて下さい。この劇は陰謀喜劇ではありますが、ダヴェナント氏が、宮廷からの指示への配慮から、劇のなかには一つもみだらなものがないようにと、大いに注意を払って下さいました。台本を届けさせると、綴密に目を通し、批評家たちが揚げ足を取ると考えたものはすべて、取り除いたのです。……これらの監督者たちが見て下さった後ですから、不快感を与えるものは何一つ残されていないと女性の皆様が納得して頂けると、私は思うのです。

（二一五—二一六）

「これらの監督者」というのは、序文で名前をあげている、劇場の共同経営者であったチャールズ・ダヴェナント、チャールズ・キリグルーに加え、出版物検閲官を務めたロジャー・レストレインジのことであるが、彼ら演劇界・出版界の重鎮の権威を借りて、女性たちにこの劇はみだらなものではない、と納得させようとしているのだ。『ある貴族とその妹の恋文』もその一つである恋愛小説の読者層は、主にロンドンの女性が中心だったと推定されている。事実、第三部で語り手は読者を想定して「あなたがた内気で慎み深い乙女たち」と「貞節な奥様方」（二七九）と呼びかけているが、プライヴェートな空間でシルヴィアの冒険を享受しておきながら、パブリックな劇場という場では「寝取り」に過剰反応する女性たちに対するベインの失望が、序文には書き込まれている。女性の自由を阻害している二重規範を問題視するベインは、女性観客から賛同ではなく非難をうけることに、明らかにいらだって見えるのだ。

『幸運』の序文にある次の有名な一節には、性的二重規範への反感を示す作家ベイン自身の態度が書き込まれている。

私が求めているのは、私の中にある詩人という男性的部分(the Masculine Part the Poet in me)(もしそんなものをあなたがたが私に認めてくださればですが)に特権をみとめ、私の先を行く作家たちがあれほど長く成功を収めてきた道を、歩ませてほしいということです。……もし私が、性別のせいでこの自由を得られず、あなたがたが自分たちのためだけにそれをすべて取り上げるというならば、私はペンを置きます。……なぜなら、私は上演三日目の収入のみのために書いて満足しているのではないからです。私は男の英雄に生まれたかのように名声を得ることを大事にしています。もしあなたがたが私からそれを奪うというのなら、この報われない世界から離れ、その世界の気まぐれな好みを軽蔑するのです。（二一七）

パンのために作品を書いていることを認め、それを恥じてさえいたベインだが、約一〇年のキャリアを重ねた後で、彼女は名声のために書くようになっていることを明言する。しかし、名声が「男性的部分」の欠如のために得られないことへのいらだちは、『サー・ペイシェント・ファンシー』の序文を記した頃とほとんど変わっていないようだ。文壇という小さな社会においても、性的二重規範が存在すると、ベインは声を大にしている。作品中にフルバンク夫人を通じて描かれた二重規範への挑戦的な態度は、出版時には作家自身の声を通じて同様に表明されるのである。

名声を大事にすると明言している作家ベインが、『ある貴族とその妹の恋文』で焦点を当てたのは、シルヴィアとフィランダーを軸とした恋の物語であった。語り手「私」も、「この小さな物語(this little History)」の仕事は、「戦争について論じることではなく、すべて愛について語ること」(四二六)と述べている箇所がある。モンマス公の反乱を下敷きにした物語は、第三部全体で一九〇頁弱の分量中、約三〇頁にわたる。それが「ほのめかす」程度かどうかは微妙なところだが、本作における作家ベインの語りの戦略は、中心に恋物語を据えることにあるのは確かだろう。(3) その中では、ホイッグ主義者フィランダーの、男根主義的な政治思想の理路薄弱さが、性愛の表象を通じて描き出されていた。また、トーリー主義者のシルヴィアが、オクタヴィオを共和主義から引き離すことで、恋愛上の勝利が政治的勝利の意味合いと重ねられてもいた。その際に「娼婦化」するシルヴィアを、ベインは、完全には否定も肯定もしていない。しかし、シルヴィアが二重規範の存在のために苦境に陥ることを、作家ベインを強く想起させる語り手「私」は指摘していたのだ。男性には許されるが女性には許されないという状況に、文壇においても憤っていたベインは、社会においても存在する同様の二重規範に、シルヴィアの姿を通して挑戦しているのである。

結局のところ、シルヴィアとフィランダーの行動に、大きな差はない。差があるとすれば肉体的な「男性的部分」の有無だけだろう。トーリー主義者シルヴィアは、自らのリソースを頼りに、娼婦道を歩み続ける。その姿は、自らを守ってはくれない社会制度の中で、腕一本で作家活動を続けるベイン自身と、重なっては見えないだろうか。

注

（1）シルヴィアの「娼婦」としての行動を否定的に捉えている代表格がトッド、リチェッティ。反対に、肯定的に読もうとするのがコンウェイ、ポラック。論者は肯定的に読めると主張したい。

（2）ベインの散文作品における語りの問題を考えるとき、彼女はフィクションをフィクションとして提示するタイプの作家ではないことに注意しなければならない。レナード・デイヴィスが指摘するように、ベインは、「自分の作品が真実であると主張する」（一〇六―七）作家なのだ。『ある貴族とその妹の恋文』第一部で、トマス・コンドンに宛てられた献辞は、これから読者が読むことになる恋文のやりとりが、「真実」だと言い張る、つまり『フィランダーとシルヴィアの密通』という書簡集を翻訳したのだ、と述べるところから始まるのである。

（3）本稿では、作品中の政治表象を詳細に分析することはできなかったが、それはさらに別の論考を必要とする作業になるだろう。トーリーの政治的言説と本作との関連についてはバウワーズの論考がある。

引用・参考文献

一次資料

Behn, Aphra. *Love-Letters between a Nobleman and his Sister.* Penguin Classics. Ed. Janet Todd. 1993. London: Penguin Books, 1996.

———. *Sir Patient Fancy: A Comedy. The Works of Aphra Behn.* Ed. Janet Todd. Vol. 6. London: William Pickering, 1996. 1-82.

———. *The Luckey Chance, or an Alderman's Bargain. The Works of Aphra Behn.* Ed. Janet Todd. Vol. 7. London: William Pickering, 1996. 209-284.

———. *The Roundheads or, The Good Old Cause. The Works of Aphra Behn.* Ed. Janet Todd. Vol. 6. London: William Pickering, 1996. 357-424.

———. *The Rover. Or, The Banish't Cavaliers. The Works of Aphra Behn.* Ed. Janet Todd. Vol. 5. London: William Pickering, 1996. 445-521.

Dachin, Pierre. *The Prologues and Epilogues of the Restoration.* University of Oxford Text Archive. http://ota.ahds.ac.uk/desc/1325

Lord Grey, Ford. *The Secret History of the Rye-House Plot: And of Monmouth's Rebellion.* London. 1754.

二次資料

Ballaster, Ros. *Seductive Forms: Women's Amatory Fiction from 1684 to 1740.* Oxford: Oxford UP, 1992.

Bowers, Toni. 'Behn's Monmouth: Sedition, Seduction, and Tory Ideology in the 1680s.' *Studies in Eighteenth Century Culture* 38 (2009): 15-44.

Conway, Alison. 'The Protestant Cause and a Protestant Whore: Aphra Behn's *Love-letters.*' *Eighteenth-Century Life* 25 (2001): 1-19.

Davis, Lennard J. *Factual Fictions: The Origins of the English Novel.* 1983. Philadelphia: U of Pennsylvania P, 1996.

Owen, Susan. *Restoration Theatre and Crisis*. Oxford: Oxford UP, 1996.

Pollak, Ellen. 'Beyond Incest: Gender and the Politics of Transgression in Aphra Behn's *Love-Letters between a Nobleman and His Sister.*' *Rereading Aphra Behn: History, Theory, and Criticism.* Ed. Heidi Hutner. Charlottesville: UP of Virginia, 1993. 151-86.

Richetti, John. '*Love Letters Between a Nobleman and His Sister:* Aphra Behn and Amatory Fiction.' *Augustan Subjects: Essays in Honor of Martic C. Battestin.* Ed. Albert J. Rivero. Newark: U of Delaware P, 1997. 13-28.

Todd, Janet. *The Secret History of Aphra Behn.* 1996. New York: Pandora, 2000.

——. 'Who is Silvia? What is she? Feminine identity in Aphra Behn's *Love-Letters between a Nobleman and his Sister.*' *Aphra Behn Studies.* Ed. Janet Todd. Cambridge: Cambridge UP, 1996. 199-218.

Watson, J.N.P. *Captain General and Rebel Chief: The Life of James, Duke of Monmouth*. London: George Allen & Unwin, 1979.

角田信恵「女放蕩者の歴程——アフラ・ベーンの『ある貴族とその妹の恋文』」『恋愛・結婚・友情——

アフラ・ベーンからハリエット・マーティノーまで（一六八四—一八三九）』（英宝社ブックレット、二〇〇〇年）三—二四頁。

第二章

ロマンスとポリティクスが交錯するところ

――『トム・ジョーンズ』におけるジャコバイトの反乱とソファイアの遁走――

服部典之

はじめに

フィールディングの大作『トム・ジョーンズ』のちょうど中程に挿入される「山の男」の物語は、一八世紀英国小説にしばしば見られる脱線エピソードの中でも最も有名なものの一つである。トムが旅の途中で偶然出会った隠遁者「山の男」(the Man of the Hill) が話す身の上話であり、オックスフォード・ワールズ・クラシックス版で実に四〇ページ近くある長大な脱線は、本筋とどのような関係にあるのかが研究者の間で問題視されてきたものだ。山の男はトムたちにする昔話の中で、モンマス公の反乱が起こったという知らせを聞いた時の衝撃を語る。彼は友人に賭博の害悪について説諭していたところだったが、「公的な出来事」によって私的な問題は棚上げされ「我々の会話はすっかり政治論になってしまった」(四一三、なお引用は全て Henry Fielding, *Tom Jones* (Oxford: Oxford UP., 1996) による) のである。この「プライヴェート」と「パブリック」が切り結ぶところに、本論で議論するロマンスとポリティクスの交差点があるのではないかと論者は考えるものである。パラダイス・ホールを放逐されて捨て鉢になってジャコバイト軍を鎮圧する政府軍に加わろうとしていた、つまりパブリックなコーズ（大義）に走ろうとしていたトムは、このエピソードを契機としてプライヴェートなコーズ、すなわち愛するソファイアを追跡するという方向に大きく舵を切ることになるのである。

トムがジャコバイト討伐軍に加わろうとしていたと今述べたが、この小説の時代設定はまさに、ジャコバイトの乱が起こった一七四五年となっている。何度か起こったジャコバイトの反乱とは、よく知られているように一六八八年の名誉革命で国外追放となったジェイムズ二世の支持者であるジャコバイトたちが、彼の息子や孫を王位に返り咲かせようとして起こした反乱であり、特にヤング・プリテンダーとして知られるジェイムズ二世の孫のチャールズ・エドワード・ステュアートを復位させるために起こされた一七四五年の乱が最大規模のものであった。この乱は『トム・ジョーンズ』の背景として間接的ながらもかなり濃密に書き込まれているのである。この作品を三部に分けて、「トムの育て親オールワージー氏の屋敷パラダイス・ホールの場面」「サマセットシャーからロンドンへの道行き」「ロンドン・シークエンス」とすると、ジャコバイトの乱に直接言及があるのは、中間の道行きの部分のみだ。トムの旅の描く軌跡とジャコバイト軍がスコットランドから南下してイングランドの中程に迫る行軍の道程との交錯は、先に述べたロマンスとポリティクスの交差と深い関係にあると論者は考えている。

政府軍に加わろうとすることが示すように、トムは反ジャコバイト主義者なのだが、そのようなトムの最も親しい人物にジャコバイト主義者があまりにも多くいることは、この物語の中の最大の謎である。旅の道連れとなった従者的存在であるパートリッジとパラダイス・ホールの近郊の地主でトムを可愛がっていたウェスタン氏、そして何よりもその娘でありトムの最愛の恋人ソファイア描写にジャコバイト主義があからさまに書き込まれているのは不思議なこととしか言いようがない。フィールディングは雑誌『真の愛国者』や『ジャコバイト・ジャーナル』などを反乱勃発時およびその後に執筆したことが端的に示すように、トム同様に強烈な反ジャコバイト主義者でありハノーヴァー王朝および政府側のポリティクスの信奉者であった。フィールディングは自分の娘にソファイアという名前をつけるぐらい、この小説のヒロインに愛着が強かっただけに、彼女をジャコバイトと重ねて描いていることには一見違和感を覚える。本章は、小説『トム・ジョーンズ』におけるジャコバイト主義のポリティカルな描かれ方を再考し、そして同時に繰り広げられるロマンスがどのような形で交錯しているかを明らかにすることを目的とする。

ハノーヴァー朝ポリティクスの称揚

トムが出会った「山の男」は世捨て人であるから、この三〇年間に世間で起こったことを何一つ知らず、彼がモンマス公の反乱に加わったことを話したとき、トムからジェイムズシンパがまだ残存していることを知らされて愕然としている。トムがそれを告げる箇所を見てみよう。

……歴史書を私が読んだ限りこれに勝る驚愕の事態はないのですが、私たちの宗教と自由を守るために、挙国一致でようやくジェイムズ王を追放できたのであり、ああいう動かしがたい経験を経ながら、それほど経たないうちに彼の一族をまた復位させようと望むマッドな一派がいるのです。

（四一四）

トムはプロテスタントのモンマス公を処刑したカトリック信奉者ジェイムズを名誉革命で追放できたのに、いまだその一族を王位に即けようとするマッドな一派であるジャコバイトが蔓延《はびこ》っていることを慨嘆しているのだ。これを聞いた山の男の驚きぶりを見てみよう。

ばかもやすみやすみ言え。そんな一派がいるはずがないではないか。人類をそれほど高くは買ってはいない私だが、まさかそこまで腑抜けているとは思わんぞ。坊主どもに教唆された頭に血の上った教皇派がそういうデスパレットな大義に奉じて聖戦だと思い込んでいるのかもしれん。だが、プロテスタントで英国国教会派の者がそこまで変節して自殺まがいのことをするとはわしには信じられん。

（四一四）

山の男は、人類がそこまでのマッドネスを持つとは、自分は閉居生活を選んだため逃れ得て幸運であったと感想を述べる。当時はそれほどデスパレットな狂気がきわまっていなかったとするのだ。モンマス公の反乱が起こったのが一六八五年で小説の時点が一七四五年であるから六〇年経っているわけだが、人間は賢明さを学ぶどころか、愚かさを増大させているということを本エピソードは教訓として指摘している。山の男は、トムのプロ・ハノーヴァー朝とプロテスタンティズム信仰と反ジャコバイト主義を六〇年前の視点から支持することになり、トムの正統性を裏打ちする効果を持っていると言えよう。

このエピソードが持つもう一つの重要な機能として、トムがなしえなかった、もしくは選択しないであろうオールタナティヴな道を山の男の人生が示していることを指摘しておきたい。それは、山の男が実際に軍隊に加わっている点と、この人物が反乱後に海外に出て世界中を旅していることで、それはトムとはついに無縁の人生であった。そのことを明らかにするために、トムの道行きの様を検討してみよう。

孤児トム・ジョーンズは、オールワージー氏に拾われて我が子同然に可愛がって育ててもらった。ところが、オールワージーの甥であるブライフィルの讒言と奸計によってオールワージー氏のパラダイス・ホールを放逐されることになる。「零落した者を温かくもてなす友人であるあの大海原が、その寛容なる腕を広げてトムを受け入れようとした……つまり彼は船乗りになろうと決心したのである」（二八八）とあるように、海に出るためにトムはブリストルを目指すことになる。何かにとりつかれたような衝動によって海に出たロビンソン・クルーソーと違って、トムには心から愛するソファイアという女性を残しての出奔という事情があったため、大いに後ろ髪を引かれていた。『ロビンソン・クルーソー』が書かれた一七一九年頃には、海外進出は物語上無条件に称揚されていたのだが、約三〇年後ファミリー・ロマンス的価値が重要視されるようになり、その線に沿った物語が幅をきかせていた『トム・ジョーンズ』の時代には、海は「零落した者を温かくもてなす友」としてしか捉えられていない。本論でのちほど述べる事情によって、彼は「山の男」が実現した、船乗りになって異国を旅するという生活を送ることはないのである。

ヒロインとの結婚を完遂するためには、物語はトムが軌道を外れて海に出る決意を控かなくてはならないわけであり、それをなしえたのが、ジャコバイトの乱の鎮圧軍に志願兵となって加わる事であった。海から陸への転換であるといえるであろう。次の引用を参照されたい。

軍曹がジョーンズ氏に告げたのは、彼らは反乱軍鎮圧のため行軍しているのであり、名誉あるカンバーランド公爵の指揮を受けるはずだ、ということである。こう言えば読者の皆様も気づかれると思うが……これはまさにちょうど最近起こったあの反乱が最高潮に達した時期だったのである。そして実際、あの山賊たちはイングランドに攻め入ろうとしており、首都に進出すべく国王軍と戦おうとしていたと信じられていた。

ジョーンズは生来英雄らしい気質を持っており、自由とプロテスタント信仰への名誉ある大義が勝つように心から願っていた。これよりさらに空想的で狂気じみた発起があっても不思議ではない情勢にあって、トムがこの鎮圧軍遠征の志願兵として働こうと思ったのも無理からぬことであった。

（三二一―二）

ここから、トムが自由とプロテスタント信仰という大義のためにこの遠征に志願したことがわかる。同時に、この引用箇所では、山の男エピソードがそうであったように、ハノーヴァー朝支持の姿勢が語りの中で明白に打ち出されている。ジャコバイト軍は山賊呼ばわりをされ、時の国王ジョージ二世の息子であり鎮圧軍指揮者であったカンバーランド公爵は「名誉ある」(glorious) 人という形容がなされ、プロテスタントという大義も「名誉ある」ものとされ、名誉革命 (Glorious Revolution) 後の政治体制が見事に肯定・称揚される記述となっているのだ。

さて、トムの従軍が実現していれば、ブリストルから船で西に向かうことを断念した軌跡は、南下してくるジャコバイトを迎撃する軍の動きに併せて、北上することになったはずだ。しかし、この動きも本章第五節に述べる事態によって、放棄されることになる。ここでも、トムはモンマス公反乱に従軍した「山の男」とは違った道をとっている。山の男は女性との放蕩な生活、金の浪費、窃盗などの自堕落な生活を若い頃送っていたのだが、その後の軍隊生活や海外放浪生活などを含めても、彼の人生の軌道は外にはずれていくものであったと総括できるであろう。この小説は軌道を外れる人生を本筋に挿入することで、トムが軌道を外れるのをかろうじて踏みとどまる道筋に光を照射しているわけである。このエピソードの内容は逸脱なのだが、だからこそ形式においても「脱線」という物語形式を必然的にとらざるを得ないのであり、トムがロンドンに向かうきれいな右回りの半円形の軌跡を唯一山の男エピソードのマザード・ヒルの場所が外れていることも、内容に合致したことだといえるだろう。本論の主筋からは外れる議論ではあるが、この脱線エピソードの意義を以上のように是認したいと考える次第である。

ジャコバイトな友人たち

ハノーヴァー朝ポリティクス礼賛の調子を狂わせている最大の要因が、「はじめに」で問題提起しておいた、トムの親友たちのジャコバイト主義である。最初に検討すべきは、トムにとって、ドン・キホーテに対するサンチョ・パンサ的役割を果たす従者パートリッジであろう。彼が最初に同行をトムに申し出る場面を見てみよう。

私は、この遠征にお供するお許しさえいただければいいんです。私はどんな人にも劣らないぐらい、この大義に賛成する気持ちを持っております。そう、行きますとも、あなたが同行を認めてくださろうとそうでなかろうと。（三六八）

パートリッジはトムの大義（コーズ）に共感しているために、遠征（軍事用語の expedition が用いられている）に参戦するというのだ。

ところが後ほど誤解が明らかになるのだが、パートリッジの思っているコーズはトムと正反対であり、ジャコバイト軍の大義に賛成して反乱軍に加わるということだった。誤解、勘違い、信頼できない噂、嘘、流言蜚語などは、この小説の駆動力となっているが、二人の主要な旅人を結びつけたのも、この大誤解からだったのである。この誤解の淵源を探ると、トムが最初に政府軍に宿屋で出くわした場面にさかのぼる。

先ほどの三二一頁の引用で鎮圧軍に志願を申し出た直後、遠征軍は国王ジョージに乾杯をする。その後、皆交代に個人的な乾杯を祈願する相手を挙げて乾杯するのだが、トムは自分の番の乾杯の際ソファイアの名前を挙げる。ところが、彼に悪意を持つノーザートンという少尉が、その名前だったらバースで誰彼なしに男と寝ていた女に違いないと侮辱するのである。最愛の女性を売春婦扱いされてかっとなったところで乱闘騒ぎになり、ノーザートンは酒のボトルでトムを殴り倒し彼は意識を失うことになる。この噂がパートリッジの耳に入るのだが、とかくこの小説では噂は事実を歪曲して伝えるのであり、この場合もソファイアに乾杯したというところが、ヤング・プリテンダーのチャールズの成功を祈念して乾杯したということになって伝わり、パートリッジはトムがジャコバイト主義者であると勘違いしてしまう。

このエピソードには、二つの大きな誤解を見ることができる。トムをジャコバイト主義者、ソファイアを売春婦、というもっとも遠いものへの取り違えである。実はソファイアがバースの売春婦だと取り違えられるエピソードが小説でもう一箇所ある。これは、後ほど論じる、物語の主要登場人物のほとんどが偶然居合わせる重要なアプトン・イン・エピソードの中に見られる。トムとともに宿屋に泊っているパートリッジは、そこを偶然訪れた乗馬姿の若い婦人二人がまさかトムの恋人ソファイアとその従者のオナー女史だとは知らずに、宿屋の女将との噂話の中で彼女が「バースの娼婦かなにかに違いないぜ、ありゃあ」と、またしてもとんでもない勘違いをするのである。サンチョ・パンサ的滑稽な役所にふさわしい勘違いであることに加え、トムをジャコバイト主義者としたり、トムの敵役ノーザートンと同様にソファイアを売春婦と取り違えたり、という混乱をもたらすことで、パートリッジは物語の振幅を大きくしていると言えるだろう。

さらに、ソファイアに関するこの取り違えは、彼女をジャコバイト的に描写する他の場面と密接につながっていく。そもそも、トムの乾杯の相手をソファイアでなくプリテンダー・チャールズと誤解しているエピソード自体が、ソファイアにジャコバイト性を付与することに他ならないことに注目しなくてはならない。アプトンの次にソファイアが逗留した宿でも、宿屋の主人からソファイアたちはプリテンダー・チャールズとともに行軍している「反乱軍の貴婦人」であると勘違いされている。具体的には、当時チャールズの愛人であると信じられていたスコットランド女性ジェニー・キャメロンと取り違えられているのである。ここでも淑徳の鑑のような存在であるソファイアになぜか娼婦性が与えられている。宿の主人がチャールズの愛人であると信じてソファイア相手に話していたことを、ソファイアはそうとは知らずに誤解して、自分の身に入れ替えて受け答えをしていて偶然辻褄があってしまったため、主人は本人であると信じこんでしまう。この宿で、ソファイアは前の宿場であるアプトンでたまたま一緒になって久しぶりに会った従姉妹のハリエットの身の上話を聞いている。アイルランド人と不幸な駆け落ち婚をしたハリエットは夫の監禁から逃げ出し、ロンドンへ逃走中である。どうしてアイルランド人などと結婚したの、と問うソファイアに、ハリエットはアイルランド人にだってイングランド人に劣らない立派な偉い人がいる、と反論している。

ソファイアをジェニー・キャメロンと信じ込んでいる宿の主人の言葉を聞いて従者のオナー女史が激怒する場面が次の引用である。

> 想像できますか、この宿屋の主人が厚かましくも私に面と向かって、お嬢様があの悪臭のするいやな売春婦（ジェニー・キャメロンとか言いましたか）、プリテンダーと一緒に国中走り回っている女だなどと言うのです！　それどころか、この嘘つきの厚かましい悪党は、ずうずうしいことにお嬢様がそれをお認めになったとほざくのです。……ですからこう言ってやりましたよ。お嬢様がプリテンダーなどを相手になさるはずはないって。サマセットシャーきっての名門の金持ちのお嬢様だわよ、地主のウェスタン様の名前を聞いたことがないのかね。その方の財産を全てお継ぎになるお方なのよって。そんなお嬢様をスコットランド人の売春婦と一緒くたにするなんて許せないわよ。
>
> （五二五―五二六）

この箇所を見ると、ソファイアに関する勘違いエピソードの存在理由が判明すると論者は考える。つまり、ソファイアについてジャコバイト性や娼婦性がほのめかされるのだが、それが後で強く完全否定され逆転されることで、かえって彼女の正統性や貞淑さを際立たせようとするレトリックの戦略ではないだろうかと。オナーに「悪臭のする(stinking)娼婦」とか「プリテンダー(王位を詐称する者)」とか強烈な措辞をさせることで、その後に判明する、彼女が偉大な地主ウェスタン氏の正嫡の娘であり世継ぎであるという正統性がより強固になっているのである。ついでにいうと、ジェニー・キャメロンを「スコットランド人の娼婦」といっている部分に着目すると、スコットランド性の否定も正統なイングランド性の証とされていることがわかるだろう。その直前に従姉妹のハリエットがアイルランド性を持ったために身持ちの悪い女性となったことが批判されることと併せて、周縁国家への蔑視がイングリッシュネス肯定に結びついて表現されていることも、その是非にかかわらず指摘しておくべきであろう。

「公」より「個」を

パートリッジはトムがジャコバイトであることを信じて同行を決意したと書いたが、ではなぜ実は全く逆であることが判明してもまだ彼はトムに付き従っているのであろうか。それは第一義的には、実はトムは自ら家出したとパートリッジは思い込んでいて、彼をオールワージー氏のもとに連れ帰ることで十分の報酬をもらいたいという打算があったためである。公の大義よりも個の利益（インタレスト）を優先させたというわけだ。それが述べられている箇所を見てみよう。

しかし、彼［パートリッジ］がいかにジェイムズやチャールズに好意を持っているとはいえ、彼はその二人よりはるかにリトル・ベンジャミン［パートリッジの元々のニックネーム］自身に愛着があったのである。そのために、彼は旅の友［トム］の本当の大義を知るとすぐに、自分の財産を築くための頼りであるトムに自らの［正反対の］大義は隠しておいて表だって示さないのが適切であろうと考えた。（三八二）

つまり、彼はいくらオールド・プリテンダー（ジェイムズ）やヤング・プリテンダー（チャールズ）に忠義立てをしていても、我が身が一番かわいいのであって、財産を作るための金づるを手放すわけにはいかないのである。そこで自らの大義を表面的には諦める。このように計算高いパートリッジを批判したり笑ったりするのは簡単である。しかし上記引用の直後の次の箇所も見てみよう。

すでに述べたことだが、この男［パートリッジ］はたいそう人が良いやつで、自ら公言しているようにジョーンズの人柄に猛烈に惚れ込んでいる。ひょっとすると今述べたようなことが、そもそもこの［トムの］遠征に加わる動機の一つになっていたかもしれない。少なくとも、主人と自分が賢明な父と子のように仲むつまじく共に旅行をしながらも、実は全く違う政治信条を信奉していることが判明した後もその遠征を続ける動機になったかもしれないのである。私がこのような推測を持つに至ったのは、人間の心には愛や友情や尊敬などが大きな力を持っている、だが利益（インタレスト）も人が他人を動かすときの動機として賢人とて無視すべからざる要素である、ということを感知しているからである。
（三八二―三）

この箇所が示すように、彼がトムのことを個人的に猛烈に好きであって友情を感じているのも事実なのであって、どちらが優先されて同行を継続する決意をしたかは言いがたいものがある、と語り手は述べているわけである。愛や友情や尊敬とともに利益（インタレスト）も見逃すわけにはいかない動機だと言う。その意味で、政府軍やジャコバイト軍の大義の「公」よりも、愛と利益が代表する「個」が優越するこの作品が打ち出す価値観を、ここに看取できるのである。

このことを裏返して言うと、「個」のためには「公」はなおざりにしてもよいということになり、反乱と鎮圧という対立、強いてはジャコバイトの乱自体の軽視という特徴につながる。パートリッジがインタレストのためにジャコバイト主義を棚上げにしたように、ソファイアをチャールズの愛人と勘違いした宿の主人はインタレストのためにジャコバイト主義に乗り換えて、チャールズからの報償を期待する。同じ宿で、ジャコバイト軍支援のために何十万人のフランス軍が上陸したという誤報がもたらされたとき、ソファイアは到来したのが自分を追う父親かと勘違いして真っ青になるが、ジャコバイト軍のことだと聞いてほっとしている。該当箇所を見てみよう。

国全体の不幸を人一倍やさしく感じるはずのソファイアも、父親に追いつかれるほうの恐れから解放されたうれしさのあまり、フランス軍の上陸にはほとんど何の印象も受けなかった。

（五一六―七）

「個」として父親の方により大きな恐怖を感じるソファイアにとって、「公」であるジャコバイトの侵入などたいした脅威ではなかったわけだ。

本来ジャコバイトの乱はイングランドの国全体を震撼させた、最大級の脅威のはずであった。王座がプリテンダー・チャールズの掌中に帰するなら、政治と宗教という国の根幹が変わり、国家の形そのものが一変したはずなのである。そのことを誰よりも痛感していたのはフィールディングその人で、だからこそ彼は雑誌などでプロパガンダを展開し、反ジャコバイト運動を進めたわけだ。ただ、この小説は一七四九年という反乱から四年経過した時点で発表されたという事情も考慮しなくてはならない。ジャコバイト主義は克服されたのであって、ことさらに今その恐怖を再現するのは人心の不安をかえって煽ることになりかねない。それが、ジャコバイトの乱の「公」をことさらに軽く見る本作の態度になって表れていると考えられる。先ほど述べたフランス軍上陸の噂など、ジャコバイトの恐怖が語られる部分は、ほぼすべてが流言蜚語なのである。恐怖は幻なのであり、その脅威はすでに馴致されているのだ。ジャコバイトへの言及は道行きのパートに集中しているが、最後のロンドン・シークエンスで一箇所だけそれらしいフレーズを見つけることができる。それは、「制圧された革命が政府の力を強めるように」（八二五）という言い回しにおいてである。ソファイアのジャコバイト性がほのめかされることで、却って彼女の正統性が確認されるのと同様に、本作で執拗に描かれるジャコバイトの乱は、描かれることによって、逆にそれが制圧されたことの安心と安寧秩序の回復を確認する効果を持っていると主張したい。

ポリティクスからロマンスへ

　最後に物語の流れでポリティクスがロマンスへ変化していく様を見てみよう。政府軍兵士への志願をしたトムだが、ノーザートンに殴られた怪我の治療のため長逗留をするうちに、軍隊は彼をおいて進軍していく。パートリッジと二人組になった彼は、旅を続けるが、道に迷い大きく蛇行、ついには山の男に出会うことになるのはすでに書いた通りである。トムはすでに行き先を見失っており、どこに行くのかという問いに「行く先は実のところ、ぼく自身わからないのです」と言っている。トムは軍隊に合流する道がわからないと言っているようだが、どうやらソファイアへの想いが心にのしかかっていて、目的そのものを失っているように見える。山の男の話が終わった後、マザード・ヒルを散策中、偶然ノーザートン少尉がある女性をレイプ・強奪しようとする場に出くわし女性を救ったことから、アプトン・インに向かうことになる。そこでトムは誘惑に乗ってしまい、その女性と逸脱した関係を持つことになる。もともとソファイアを愛していながらも、女性からの誘惑につい乗ってしまいがちなトムは、ここでも性的逸脱を犯してしまうわけだ。ソファイアは父親から大嫌いなブライフィルとの結婚を強いられそうになり、自宅から脱走するが、彼女もたまたま同じアプトン・インに寄り、トムの浮気を知ることになる。それまでは、形としては逃げるトムをソファイアが追跡していたところ、嫌気がさして先に出立、トムを追い越してしまうことになるのだ。

アプトン・インは、逃走する者と追跡する者が一堂に会しながら、誰もが会わずに去って行く一大スクランブル交差点となっている。トムとソファイア、ソファイアの従姉妹のハリエットとそれを追跡する夫のアイルランド人、ソファイアを追う父親のウェスタン氏などである。目的地をすでに失っているトムも含めて、誰が誰を追っているのかわからない混乱した状況は、そもそも勘違いしやすいおしゃべりなパートリッジに感染しており、彼特有のいい加減な噂話がソファイアの逃走への決意を固くする。次の引用を参照されたい。これを話しているのは、アプトン・インで起こっていることのほとんどを目撃している女中である。

あの方（パートリッジ）は、全部嘘だとは思うんですが、お嬢様があの若い地主さんに恋い焦がれていて、あの方はお嬢さんを厄介払いにするために戦争に行くんだっておっしゃるんですよ。（四七二）

パートリッジの流言蜚語ではあるのだが、ソファイアがトムを愛していること、トムを追いかけていること、トムがもはや手の届かないソファイアへの想いを断ち切ろうとしていること、そのために従軍を決意したことなどは、本人たちは認めないだろうが深いレベルでは期せずして真実を言い当てている。だが、あからさまに自分をいやがっているように聞こえたソファイアは、そもそも人妻と同衾しているトムに嫌気がさしていち早く宿を去り、ロンドンに向かうのであった。

自分の浮気を知られ、ソファイアに捨てられたことを知ったトムは狂乱、再度従軍して殉死をする絶望的決意をする。ただ、偶然ソファイアが通った道を進み、彼女の手帖を足の悪い男から買い取るという幸運に恵まれた後は、「この足の不自由な男との一件以降、彼はソファイアを追うことしか完全に頭になく、敵（ジャコバイト）のことはついぞ頭に浮かびもしなかったのである」（五五三）とあるように、ここで、ついに彼は従軍というポリティクスの方を断ち切り、ロマンスを一目散に追跡することになるのである。ここが二者の交代が生じた地点と断定してよいだろう。ただ、彼の頭が狂乱した絶望的な感情を持ち続けるなら、彼のもくろみは四一四頁の引用においてマッドでデスパレットな、とトム自身と山の男が断罪したジャコバイトの乱の企図と変わらないことになるだろう。これを克服しない限り彼の活動は正統性を帯びることはなく、正統なるソファイアとの結婚は叶わない。

主人の発狂を信じ込んでいたパートリッジは、しばらく経ってようやくその勘違いに気がつく。

パートリッジは友人が以前目指していた栄光の追求よりも、現在の追跡［ソファイアの］により大きな満足を感じていた。……彼はまたジョーンズとソファイアの二人の恋愛感情を初めてはっきりと悟った。そもそもジョーンズが出立した理由について最初から勘違いしていたため、恋愛などということには全く考えが及ばなかったのである。アプトン・インでの出来事に関しても、あそこを立ち去る前後すっかり恐怖に取り付かれていたので、気の毒なジョーンズが完全に狂ってしまった（マッドになった）という以外の結論は全く出てこなかったのだ。……しかしながら、彼は今や現在の遠征の方がすっかり気に入ってしまったので、友人の頭脳に関してより名誉ある（ワージーな）感情を抱くようになったのであった。（五七〇）

以前のトムが栄光（戦争＝ポリティクス）を追い求めていた遠征より、現在の追跡（ソファイア＝ロマンス）により大きく満足し、ソファイアとトムの二人の深い愛にパートリッジはようやく気がついたのであった。勘違い、誤解、迷妄などはパートリッジと作品の大きな特徴であったが、パートリッジはそれから覚醒し、友人の頭脳を大いに見直すことになる。同時に道行きを辿りながら本来の目的地を見失いがちであった『トム・ジョーンズ』という作品も覚醒しターゲットを一つに絞ることになる。パートリッジの迷妄からの覚醒がトムに正統性を付与し、二人の道行きのプロットに最終的な解決をもたらす。仲のよい友情で結ばれた二人の旅人は、確信を持って、一路ソファイアのいるロンドンを目指す、すなわちロマンス希求に迷うことなく突き進むことになるのである。

※本研究はＪＳＰＳ科研費 24520283 の助成を受けたものです。

第三章

「それ以上の詮索はおやめなさい」

――『放浪者メルモス』における、〈書くこと〉への両義的欲望――

岩田美喜

はじめに

一八二〇年一月五日、チャールズ・ロバート・マチュリン（一七八〇―一八二四）は二家族分の金策に胸を痛めていた。ひとつはもちろん自身の家族である。郵政局の役人だった父が一八〇九年に汚職の疑いで免職されて以来、妻と四人の子供に加えて老親をも養うことになったマチュリンは、ほとんど常に貧困問題を抱えていた。だがこのとき彼の心に懸かっていたのは、もはや常態になっている自分の貧しさではなく、ある年若い友人夫婦の窮乏の方だった。

かくて彼は筆を執り、処女作『モントリオの一族、または運命の復讐』（一八〇七）を認めてもらって以来の理解者にして支援者であるサー・ウォルター・スコット（一七七一―一八三二）に、友人への援助を願う手紙をしたためる――少々自虐的なレトリックを用いつつ。

> 拝啓――色々と途方もない物語（自分の目で見ても、その唯一の取り柄はあなたに喜んでもらえるという幸運に恵まれたことだけです）を書くに当たって、しばしば思ってきたことなのですが、人の世には思いがけない有為転変の実例がたくさんあるので、空想物語《ロマンス》の作者なんぞは絶望のあまりにペンを投げ捨ててしまいそうです。
>
> （Ratchford & McCarthy 九五）

自分がものしてきた「途方もない物語」（my wild tales）も遠く及ばないとしてマチュリンがここで紹介するのは、ある老いた放蕩者の息子のことだ。父親は、彼が若くして合法的な結婚をしたことで自分の放蕩生活に対する誇りが傷つけられたと感じ、息子夫婦を勘当してビタ一文くれてやらない。もともとは何不自由ない暮らしをしていただけに、夫婦は貧しさに苦しんでいる。自分もできる限りの世話はしたが、なにしろこちらも口に糊するので精一杯だから、これ以上はいかんともしがたい。本人はいたって善良で真面目なたちなので、どうか彼に年収五〇ポンド程度の仕事の口を世話してもらえないだろうか、云々。

さて、「途方もなさ」なる概念を客観的な視座から量的に比較するなど、そもそも出来ない相談だ。だがそれにしても、これはマチュリンが言うように、ロマンス作家が筆を折るほどの法外な話だろうか。例えば、彼が生前に成功させた唯一の戯曲『バートラム』(一八一六)を見てみよう。王位を狙って国を追われた貴族が、盗賊船の首領として故国の沖を通りがかり、嵐に遭って難破し、救助されて修道院に寄寓し、かつての恋人が仇敵の妻になっているのを発見し、彼女と関係を持ったうえで夫を殺す。妻は後悔のあまり狂死して、最後に本人も自害する(草稿版では悪魔に連れ去られる)。まともな結婚をして勘当されたという男の人生と、バートラムのそれ。後者が、マチュリン言うところの「有為転変」(vicissitudes)において、前者に引けを取るとも思えない。芝居の話は別にして、実人生における法外さだけを問題にするにしても、ゴシック演劇の紋切り型ばかりをここまで堂々とぎゅう詰めにできるマチュリンの勇気の方が、すごくはなかろうか。

こんな益体もない言いがかりをつけたくなるほどに、「事実は小説より奇なり」という構えのマチュリンの謙遜がそらぞらしく響くのは、もちろん二一世紀の読み手である我々が、手紙が書かれた日付に着目してしまうせいである。一八二〇年のはじめといえば、マチュリンが一八一八年の初夏から書き綴ってきた、その「途方のなさ」において並ぶもののない畢生の大作『放浪者メルモス』（一八二〇）が、まさに完成せんとしていた時期だったのだ。周知のように、このゴシック小説は〈さまよえるユダヤ人〉の伝説とファウスト伝説とをライトモティーフにした、悪魔に魂を売って超自然的な生を得たメルモスという男にまつわる証言記録の数々から成っている。こうしたことを考え合わせると、マチュリンがスコットへの手紙で行っていること――こんな途方もない事態を見ては、記録してお伝えせずにはおれません、という態度――は、まさに『放浪者メルモス』という作品そのものの構造をパロディ化しているように見えてくる。

「物語 (fiction) を赤面させるような困窮を目の当たりにしては書かずにいられなかった、この長く退屈な手紙をご容赦ください」（九六）という言葉で結ばれる前掲の書簡は、一見物語を否定するようでありながら実際のところ「物語り」(story-telling) と複雑な共犯関係を形成している。この手紙を隅から隅まで精読しても、「物語を赤面させるような困窮」の具体的な記述は（「雇い人に暇を出した」という一節以外は）存在しない。また、若夫婦自身がこの状況について何を考えているのか、その断片すらも聞こえては来ない。代わりに紙面を埋めるのは、〈悲惨さ〉

とは何かについての彼自身の饒舌な語りなのだ。

それとは対照的に、「作り話」(A Tale)という副題を持つ『放浪者メルモス』は、奇想天外な物語と妙に細部にこだわった具体的記述が混在し、記録と空想のあわいを漂うような、非常に複雑な入れ子構造を持っている。本稿では、一般にこの作品の欠点だと考えられている『放浪者メルモス』のいびつな語りの構造が、実は緻密に構成されたものであること、作品のテクストはそのなかで、文字文化／口承文化、プロテスタント／カトリックなどの対立概念をまたぎながら、最終的には〈書くこと〉そのものへの両義的な欲望にとらわれていることを検証したい。

『放浪者メルモス』のいびつな入れ子構造

『放浪者メルモス』は、既に述べたように、悪魔に魂を売って人間の誘惑者となった放浪者メルモスを目撃した人々による、一世紀半におよぶ目撃記録のたすき渡しという体裁を取っている。だが、語り手がその語りのなかで言及する記録のなかにまた別のメルモス目撃証言が組み込まれていたりなど、その構造は一見取り留めもない入れ子に次ぐ入れ子になっており、作品全体のかたちが見えにくいいびつな構造になっている。そこで具体的な作品分析に入る前に、まずは『放浪者メルモス』の語りの構造を、物語のプロットを追いながら確認したい。長大な作品だけに冗漫にひびく恐れはあるが、本稿にとっては必要な過程であるため、やや丁寧に筋を見てゆくこととする。

作品の第一～二章は、物語全体の外枠という役割を持っており、一八一六年のダブリンが舞台に設定されている。トリニティ・カレッジの学生ジョン・メルモスが、危篤の伯父を看取るため本家の館へ赴き、「一六四六年」と記された同名の先祖の肖像を見る。伯父は「奴はまだ生きている」と言い残して死亡。遺言書には、「J・メルモスの肖像画を廃棄し、チェストに保管された手稿を焼却せよ」とあった。戸惑う彼に、女呪術師のビディ・ブラニガンが因縁を語って聞かせる。メルモス家は元々、クロムウェルのアイルランド侵攻時に入植した一族だが、肖像画に描かれたメルモス（初代当主の兄）はその時から老いること無く、様々な時代・場所で目撃されているという。その晩、若メルモスはくだんの手稿を見つけて読み始める。

第三章は、その手稿の内容を記したもので、王政復古期にあたる一六七〇年代に大陸旅行をしていたスタントンというイングランド人が、メルモスに出逢って誘惑され、取り憑かれたようになる経緯が語られる（誘惑の内容について、作中のいずれの語り手も明瞭に述べることはない。だが徐々に、悪魔と契約してメルモスの後継者となることが求められているのだと、文脈から推測可能になる）。欠文が多く謎の残る手稿を読み終えた若メルモスは、メルモスを見たように思い、恐れに駆られて肖像画を廃棄する。

第四―一四章にかけては、海難から救助されてメルモス家に運ばれた、アロンゾ・モンサダというスペイン人による新たな語りが導入される。モンサダは母によって偽善と暴力に満ちた修道院生活に送り込まれ、絶望していた折、彼のもとへメルモスが誘惑に来る。その後、弟による修道院脱出計画も失敗し、モンサダは狂乱状態で異端審問に引き渡されるが、そこへまたもメルモスが誘惑に来る。魂の危機のただ中、たまさか大火事が起こり、どさくさに紛れて逃げ出したモンサダは、迷い込んだ家のユダヤ人を半ば脅すようにして匿われる。だが、彼が火事を生き延びたことが審問所に知られたため、モンサダはアドナイジャという別のユダヤ人の元に匿われる。

第一五～三七章は、モンサダの語りのなかに組み込まれた、「インド人の物語」と称される物語内物語を形成する。それは、アドナイジャから書写を命じられた手稿に含まれていた、ある離島でインド人から「白い女神」と呼ばれるイマリーという無垢な自然児の物語である。放浪者メルモスは彼女のもとにもやって来て、この世の苦しみや宗教の問題について教え、嵐の晩にその魂を獲得しようとするが、彼女は恐怖のあまり失神。その後、舞台がマドリッドに移ると、イマリーは、裕福な商人アリアーガの娘イシドラであったことが判明している。商用で海外にいた父が帰西し、モンティーヤという男を娘婿として連れ帰ろうとするが、メルモスは死者を司祭にして彼女との秘密結婚を遂行する。一方、イシドラの父は家路を急ぐ旅の途中で「グスマン一家の物語」（第二五―二八章）や「恋人たちの物語」（第二九―三二章）といったさらなる入れ子の話を聞かされ、娘に気をつけろとメルモスに警告される。

なお、「グスマン一家の物語」は、イシドラの父と同宿の男が、宿で見かけた放浪者メルモスに関する噂を語って聞かせるという趣向の挿話だ。グスマンという裕福なスペイン人の妹が、ワルベルクというドイツ人楽師と結婚して、運命の変転のうちに洗うがごとき赤貧の暮らしに追い込まれる。メルモスの誘惑を受けたワルベルクは徐々に人間性を喪失し、実の親が死んでも口減らしだと喜び、ついには妻子を殺そうとする。だが、この物語の語り手は喋りすぎた罰でメルモスに殺される。

驚いたことに、物語内―物語内―物語はこれで終わらない。グスマンの挿話を聞いた翌日、アリアーガのもとに今度はメルモス本人が現れ、シュロップシャーの旧家モーティマー一族にまつわる王政復古期の物語を語るのだ。内乱時に王党派として戦ったサー・ロジャー・モーティマーには妹のアンの他、長男の娘マーガレット、次男の娘エリナー、末娘の一人息子のジョンという三人の孫がいた。長じてジョンとエリナーは結ばれるが、結婚式当日に彼は逐電したうえ、マーガレットと結婚してしまう。ジョンの母が、跡継ぎ娘のマーガレットと息子を結婚させたいがため「ジョンとエリナーは、本当は実の兄妹だ」という嘘をついたからだ。だが、後に真実を知った彼は衝撃のあまり正気を失い、エリナーは狂ったジョンを介護しながらヨークシャーで暮らす。そこでメルモスの誘惑に遭遇した彼女は、村の牧師に助けを求める。牧師が彼女とともにメルモスに会いに行くと、彼の顔に恐れの表情が浮かび、立ち去ってしまう。牧師は若き日のメルモスの親友であり、メルモスの肉体的な死を看取った男だったのだ。この話を警告とせよ、と言い残してメルモスはアリアーガの元を去る。

第三三章からは「インド人の物語」が再開される。イシドラはメルモスの子を出産し、赤ん坊とともに異端審問にかけられる。審問官の使いが彼女の独房へ行ってみると、胸に抱かれた赤ん坊は既に死体になっており、彼女自身もメルモスの誘惑を退けたことを神父に伝えて息絶える。

作品の掉尾を飾る第三八―三九章は、物語が外枠の層まで戻って来る。モンサダが、さらに若メルモスに他の犠牲者たちの話を語ろうとすると、放浪者メルモスが現れて、「自分の刻限は迫っている」と二人に告げる。ここで「放浪者の夢」という断片的な入れ子の物語が挿入され、メルモスは自分がひたすら墜落してゆくが、自分が誘惑を試みた人々はすれ違いながら上昇して行くという夢を見る。モンサダと当代メルモスはその晩恐ろしい騒音を耳にするが、翌日放浪者がいたはずの部屋に入ると、誰もいない。二人が残された足跡を追うと、断崖の下の岩に、放浪者メルモスのネッカチーフだけがはためいていた……。

この、リゾーム式に物語が広がって行くような印象を与える作品を、語りの層という観点から図式化すると、次頁のようになる。スタントンの物語に比してモンサダの物語がひどく長いこと、モンサダの物語のなかに、くどいほどの物語内物語が繰り返されていること、しかもそれら

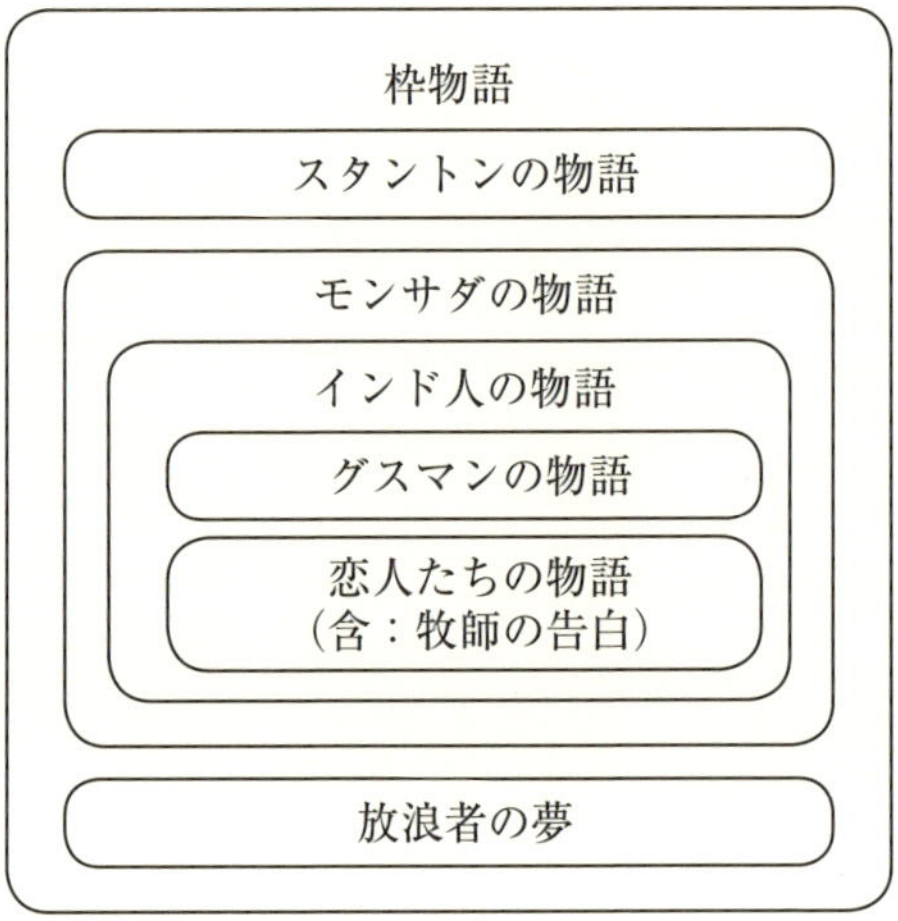

の群小物語が互いに脈絡がないように見えることなどから、批評家たちはこの作品をどう扱うべきかについて長いこと戸惑って来た。

こうした散漫な（ように見える）物語群の背後にあるのは、まちがいなくマチュリンの盗用癖すれすれの引用癖――『ニュー・マンスリー・マガジン・アンド・リテラリー・ジャーナル』（第一九号一八二七）に掲載された回想録による洗練された言い方を借りれば、「直近で読んだ本の一部を無意識に取り入れてしまう」傾向（四〇四）――である。例えば、作品全体の構造のなかで「白い女神」の物語が挿入される必要性については、作品を一読してすぐに納得がいく読者はまれだろう。だが、マチュリンが一八一八年春に『放浪者メルモス』を着想したさいに、「『ララ・ルーク』のような、それぞれ独立した各部から成る詩が、散文の語りによってつながる」（Kelly 一四八より引用）作品を書きたいという手紙を出版業者のアーチボルド・デイヴィッド・コンスタブルに書き送ったという事実を知れば、話は別だ。一八一七年に出版された、インドの姫君を相手に吟遊詩人が様々な歌を語って聴かせるという設定で改宗の問題を扱った、トマス・ムーア（一七七九―一八五二）の物語詩がマチュリンの念頭に最初にあったのなら、その後どれほど物語が当初の構想を大きく超えて広がろうとも、どこかに『ララ・ルーク』の痕跡を残しておきたいと思っても不思議ではない。本稿の冒頭で紹介した『バートラム』にしても、フリードリヒ・シラー『群盗』（一七八一）や、M・G・ルイス『古城の亡霊』（一七九八）といった先行する戯曲がなければ、生まれ得なかったことは明らかである。

だが、こうしたアプローチから作品を理解しようとすれば、単なる材源探しに堕してしまうこともしばしばだ。これに対し、一九九〇年代以降は、ポストコロニアル批評の流れを受けて、『放浪者メルモス』の分裂傾向はしばしば、作品の外枠設定に基づいて構造的に読まれるようになる。具体的には、『放浪者メルモス』は、コロニアル・ナラティヴのきわめてアイルランド的なサブジャンルである「ビッグ・ハウス小説」として読まれるようになるのだ。

コロニアル・ナラティヴとしての『放浪者メルモス』

ビッグ・ハウス小説とは、一八世紀末頃に出現した、アイルランドにおけるプロテスタント地主階級（しばしば不在地主であった）が所有する「お屋敷」(the Big House)を舞台にした小説である。マライア・エッジワース『ラックレント城』（一八〇〇）がその嚆矢と目され、一九世紀にはシドニー・オーウェンソン（レイディ・モーガン）（一七八一―一八五九）やウィリアム・カールトン（一七九四―一八六九）ら、この分野を得意とする作家が輩出した。エリザベス・ボウエン『去年の九月』（一九二九）やジョン・バンヴィル『バーチウッド』（一九七三）もこの系譜を引いており、ビッグ・ハウス小説は現代に至るまでアイルランド小説の重要な一隅を占めている。

なぜ、アイルランド文学にとって「お屋敷」がこれほど重要なのか。それは、一八世紀に確立したアングロ＝アイリッシュによる支配が隠し持つ、根幹的な二律背反を刻印された空間であるからだ。ポスト名誉革命体制下の英国が制定した刑罰法は、カトリック教徒から事実上一切の市民権を剝奪し、これによって土地の所有は（主に植民者である）プロテスタントのみに与えられた権利となった。お屋敷に象徴されるアイルランドの伝統と文化を保持する自分たちが、もとを正せば侵略者であるというパラドックスが、アイルランド文学のイマジネーションには取り憑いており、そのゆえに、ゴシック小説の持つ〈無気味〉性とビッグ・ハウス小説には高い親和性がある。

かくしてテリー・イーグルトンは、『ヒースクリフと大飢饉』のなかで、メルモスが不在地主（というよりプロテスタント支配体制そのもの）のメタファーなのだと、熱っぽく主張することになる。

もしアイルランドにおけるゴシックがとりわけプロテスタント的な現象だとすれば、今にも崩れ落ちそうな屋敷に住み、孤独で薄気味悪い奇癖があり、過去の罪に悩まされている没落ジェントリ階級ほど、このジャンルに役立つ存在はいないからだろう。ゴシックは罪と自責という重荷を負っていて、こうした要素はおそらくカトリックよりもプロテスタント的なのだ……。

だが、アングロ＝アイリッシュを迫害の犠牲者と考えることには逆説がある。彼らはとどのつまり……迫害者ではないか？　なぜ、権力を握っている者がそんなに惨めな思いをし、自分たちが抑圧している人間の精神的困窮を幾分か共有する羽目になるのだ？　マチュリンの驚くべき小説は、搾取者と犠牲者が他者であると同時に同胞であるという奇妙な状態の寓意として読めるだろう——そして両者は、実にメルモス自身のうちに、全く同じパーソナリティを宿しているのだ。悪魔的なメルモスをアングロ＝アイリッシュ支配階級の一つの類型として読むことは、法外なことでも何でもない。クロムウェル派の入植者の兄として、彼は数世紀を生き続けて来た——社会集団や階級のほか、時代を超えて連綿と存在し続ける人間的主体があろうか？　（一八八＆一八九—九〇）

すでに粗筋で確認したように、メルモス家はもともとクロムウェル時代にアイルランドに来た議会派の末裔であり、放浪者メルモスはその歴史の生き証人である。当代の若メルモス（ファースト・ネームまでが放浪者と同じジョンである）は、叔父の死に際して、いわば屋敷とともに〈放浪者メルモス〉（具体的には肖像画と手稿）という「負債」をも相続するのだ。彼が相続したメルモス家の歴史の暗部は、「種々の恐ろしい物語の断片」となって無気味に跳ね返って来る——

そのように考えれば、作品全体のかたちにも、ある程度の納得がいく。『放浪者メルモス』に八〇年ほど遅れて書かれた、同国人ブラム・ストーカーによる『ドラキュラ』（一八九七）において、吸血鬼が暴力を振るう側として描かれながら、同時に帝国主義的な暴力の犠牲者でもあったがごとく、メルモスもまた二重の自己を抱えた存在なのだ。

たしかに、加害者にして被害者という両義的な心理の描写は、『放浪者メルモス』という作品のそこかしこに溢れており、しかもそれはアイルランド独立運動にまつわる暴力と明確に結びつけられている。例えば、火事にまぎれて修道院から逃げ出したモンサダは、脱走を試みたさいに自分と弟を裏切った修道士がリンチに遭うのを陰から隠れて見守るうち、リンチをする群衆と殺される修道士の両方に共鳴してしまう。

最初の決定的な動きが彼らの間で起こったときに、わたしは我知らず叫んでおりました。けれど、ついにもはや人間のかたちを留めない屍肉がドアに投げつけられた瞬間、わたしは一種の野蛮な本能を目覚めさせ、群衆の荒々しい叫びを一緒になって叫んでいたのです。わたしは跳ね、一瞬両手を握りしめ、それから、もはや生きているとは思えないがまだ叫ぶことのできたモノの叫びをこだまさせたのです。わたしは大声で、狂気じみて、叫んだのです——命ばかりは、命ばかりは——お慈悲を！

＊一八〇三年にエメットがダブリンで暴動を起こしたときに……トマス通りを通りかかったキルウォーデン卿は、馬車から引きずり出され、実に恐ろしいやり方で殺された。……この時、向かいの家の屋根裏に住んでいた靴屋が、恐ろしい叫びを聞きつけ窓辺に引きつけられた。……この男はまるで釘付けにされたかのように窓辺に立ちすくみ、引きはがされたときには――終生の白痴になっていたのだった。（第一二章　二五六―五七）

このときモンサダは、加害者の鯨波の声と被害者の命乞いの叫びを同時にあげている。彼の異常な動揺のせいで、街の人々が彼の存在に気づいてしまい、モンサダはアドナイジャのもとへ居を移さざるを得なくなるため、この場面はプロットを進めるための重要な契機として機能している。その重要性を際立たせるためか、作者はわざわざここに注を付し、自分が念頭に置いていたのは、アイルランドの独立運動家ロバート・エメット（一七七八―一八〇三）に率いられた、ユナイテッド・アイリッシュメンによる暴動だと読者に伝えている。ただし、この原注が示しているのは「恐ろしい殺人現場を目撃した人間の精神は破壊され得る」ということのみであって、マチュリンが好んで描く「極限状況に置かれた人間が感じる二律背反的な感情」の動きを説明してくれてはいない。つまりこの注はもっぱら、次のことを伝えるためだけに存在している――モンサダが感じた恐怖は、ユナイテッド・アイリッシュメンのような民族主義的組織がアイルランドの支配階層に与える恐怖に比肩し得るのだ、と。

また、ロイ・フォスターは歴史学的な観点から、アイルランドにおける不在地主制度(absenteeism)そのものが実際は非常に両義的であったことを指摘しており、こうした見解も、イーグルトン的な読みを支える根拠となりうるだろう。彼によれば、カトリックの小作人から搾取した収入をロンドンで蕩尽するプロテスタント地主という紋切り型のイメージは現実的なものとはいえず、「法外な地代帳に頼って安楽な暮らしを送る不在地主という一般的な図式には、限定条件をつけなければならない」(一七九)。なぜなら「アイルランドの地代は常に土地の資本価値に比べて安く設定されており、決して経済的にいって本当に見返りのあるものではなかった」(一七九)からである。そのため、彼らの中には「便宜というよりも必要に迫られて不在地主になる者もいた」し、さらには「金を使うためではなく節約するために自分の地所から離れて暮らす者もいた」(一七九)のだという。

フォスターによれば、〈不在地主＝悪の支配者〉対〈小作人＝哀れな犠牲者〉という図式は、独立運動が盛んになった時代に広く流布したプロパガンダ的な二項対立であって、歴史的に見ても不在地主は加害者であると同時に被害者でもあった。こうなると、不在地主だってつらかったのだと言わんばかりのフォスターの書きぶりが(読者の政治的立場によっては)物議をかもしそうだが、そうしたきな臭さを抜きにしても、アングロ＝アイリッシュ・アセンダンシーによる支配体制そのものが当のアセンダンシーを自縄自縛に苦しめていた、という指摘は興味深い。

加えて、アイルランドの地主階級が帯びることになった支配にまつわる二重性は、宗教（プロテスタント／カトリック）、階級（地主／小作人）、空間（イングランド／アイルランド）にとどまるものではない。時間までもが彼らを引き裂いている。ルーク・ギボンズによれば、アイルランドにおける支配階級の二律背反は、植民者として侵略した〈歴史的過去〉と、急進的な独立運動家たちのテロ攻撃の標的となって怯える犠牲者の〈現在〉との間で引き裂かれていることに由来しており、『放浪者メルモス』の恐怖の多くは、この引き裂かれた時間感覚にまつわるものなのだ。

批評家たちがつとに指摘しているように、（本人の言によれば）国教会の牧師でありながらカルヴァン派の信仰を持ったマチュリンの作品は、ピューリタン的な想像力によって呼び起こされた——あるいは解き放たれた——償いようのない罪責感と超自然的といえるほどの恐怖に対する恐れとで、満ち満ちているのだ。バークに影響されて起こったゴシックというジャンルのパダライム変換に調子を合わせつつも、アイルランドにおける「植民地駐屯軍」（バークの語だ）は、免れ得ない政治的拘束力を感じていた。すなわち、国教会がおおいに喧伝した自分たちの教養にもかかわらず、駐屯軍は、クロムウェル派の祖先たちのセクト主義的な手枷を投げ捨てることが出来なかったということであり、それゆえ、彼らに追われた者たちにプロテスタント・アセンダンシーの起源が不正手段で得られたことを忘れさせられなかった、ということである。（六〇）

自らが属する社会集団〈アングロ＝アイリッシュ支配階級〉を「植民地駐屯軍」(the colonial garrison) と呼ぶ語法が、彼らの置かれた状況を如実に表している。植民した先祖から何世代を経たとしても、彼らはなお自分たちから〈侵略者〉というスティグマがぬぐい去られたようには感じず、だが同時に、テロ攻撃の被害者としての現在に怯えなければならないのだ。一五〇〇年を超えて生きる放浪者メルモスの存在は、このとき極めて示唆的な意味を帯びるだろう。

ただし、こうした解釈は、強い説得力に満ちてはいるけれども、外枠以外の部分については詳細なテクスト分析をしないでも可能な、概念先行型の読みだともいえる。このことは、「メルモス家がクロムウェル時代のアイルランド植民に随行した議会派の末裔で、初代は王党派の没収財産をもらって現地に住み着いた」という、ビディ・ブラニガンが語る設定さえ了解していれば、上記の議論にほとんど問題なくついていけることからも明らかだ。ジム・ケリーによる近年の研究は、コロニアルな読みと語りの問題を連結させようとしているが、やはりその中心はビディの語りに集中しており、『放浪者メルモス』という大部な作品に跋扈する多様な語り手／書き手についいて、何かを言おうとしているわけではない。(1) そこで次節以降では、テクストの細部に寄り添いながら『放浪者メルモス』の語りに注目し、一見行き当たりばったりのイビツな入れ子構造が実際は考え抜かれたものであり、放浪者の帯びるアンビヴァレンスを鮮やかに写し出しているのだということを論じていきたい。

多様な語りの背後にある〈真空〉としての放浪者メルモス

さて、『放浪者メルモス』をじっくり読んでいるうちに気がつくのは、一見行き当たりばったりで整合性も何もないようなこの作品の語りの構造のうちに、作者は実際のところ、かなり細かいつじつま合わせを試みているらしいということだ。ただし、ここでいう「つじつま合わせ」とは、リアリズムの観点から見た場合の「もっともらしさ」(verisimilitude)とは全く別種のものである。例えば、第六章でモンサダは、修道院脱出を手引きするという弟からの手紙について以下のように語っているが、このような言い様は噴飯物の嘘くささだといえよう。

> わたしが入念に、喜んで遂行しようとしていたあらゆる計画的な偽装の中でも、心の底から気が咎めて仕方なかったのは、わたしの解放のためにあらゆる危険を賭してくれた、わたしの大事な、寛大な若者からの手紙を全て破棄せざるを得なかったということだった。（一三一）

ここだけ読めば、彼の言葉はさほど不自然に響かない。だがこの引用の直前、モンサダは、オックスフォード・ワールド・クラシックス版で一二ページにもわたる長大な弟からの手紙を、一言一句あやまたず完璧に暗誦してみせているのだ。「一読してすぐに破棄したのであれば、これほど正確に再現できるはずはないだろう」という言わずもがなの突っ込みを誘発するほどに——換言すれば、読者に要求される適度な「不信の停止」を揺るがすほどに――手紙を暗誦する場面と「手紙を破棄した」という一文は近いところに置かれているのだ。

なぜわざわざ、モンサダの語りの嘘っぽさを作者が自ら暴露するような一文が、ここで挿入されるのだろうか？　これは、彼の長大な語りのなかで繰り返し現れる謎である。第一七章においても、モンサダは読者の自発的な不信の停止をさらに停止させ、物語の自然な流れを妨げるようなことを言い出すのだ。彼は、自分自身の修道院脱出の話を終え、ユダヤ人アドナイジャから渡された手稿「インド人の物語」を語りながら、こんなことを呟いて当代メルモスを驚かせる。

「イマリーのもとから離れ、放浪者メルモスは俗世へと戻ったのです――癲狂院の藁の上でのたうち回っているイングランド人のスタントンという男を苦しめ、誘惑するために――」「待ってください！」メルモスは言った。「あなたが今おっしゃった名前は？」――「ちょっと辛抱してください、あなた」とモンサダは言った。口を差し挟まれたくなかったのだ。「辛抱して聞いてください。そうすれば、わたしたちは皆、同じ糸でつながった数珠の一粒一粒だということが分かるでしょう。なぜ互いにごちゃごちゃ言う必要があるのです。わたしたちは、分ちがたく結びついているのですよ」彼は、不幸なインド人の物語を続けた。アドナイジャの羊皮紙に記録されていた通りに。（二九八）

メルモスが聞きとがめて口を挟んでしまったのも当然のことで、ここはイマリーの物語のなかにあまりにも唐突にスタントンの名前が出て来るため、読者もついつい目を引かれる場面だ。作品を通読しても、「辛抱して聞いてくれれば、すべてがつながっていることが分かる」というモンサダの言葉は決して実現されることがないうえ、そもそもそれでは説明の体を成していない。モンサダ（ないし「インド人の物語」を記録した人物）は、一体どうやってスタントンのことを知ったというのだろう？　まるで、全く別々の時代や空間を生きたそれぞれに異なる書き手や語り手が、みな連絡を取り合って相互参照しているようではないか。

しかし、「インド人の物語」を読み進めていけば、どうやら作品テクストはこうした不自然さを意図的に演出しているらしいことが明らかになって来る。第二四章、恋人メルモスの宗教観に不安を感じたイマリーが、彼にカテキズムめいた質問を繰り出す場面で、作者はまたまた奇妙な注を付しているのだ。

「けれど」とイマリーは続けた。「キリスト教徒であるには、神を信じているだけでは足りません。あなたは、カトリック教会が救済に必要と宣言していることの全てを信じていますか？こういうことは信じていますか」――この言葉に彼女はあまりに神聖なる名を加え、さらにあまりに畏れ多い用語を伴わせたので、このような雑文のなかに書き記すのは憚られる。

＊ここでモンサダは、ユダヤ人の手稿に出て来るにしては（ユダヤ教というより、キリスト教めい

た香りがするというので）この文章に対する驚きを表明した。（三八九）

ユダヤ教徒による記録としては似つかわしくない、キリスト教的な感性が混入されているというので、モンサダが手稿のこの部分に疑念を表明したと、わざわざ読者に訴える作者は、一体何がしたいのであろうか。おそらくは、手稿の筆記者とは別の誰かの視点がここに投影されているということが、暗にほのめかされているのだ。そもそもモンサダの語り自体に、主体としてのモンサダが語っているとは思えない箇所が散見されるというのに、その一部であるアドナイジャの手稿に対してモンサダ本人がこのような疑念を表明することで、それぞれの物語に対する視点がはなはだしく揺るがされることになる。何重にも入り組んだこの作品の入れ子構造の背後には、個々の記録者とは違う何らかの〈声〉が底流音として響いていることを、テクストは密やかに訴えているのだ。

クリス・ボルディックは、一見とりとめも無い種々の語りの背後にあるこの底流こそが、『放浪者メルモス』のもっとも重要な特徴であると指摘している。読者は「あまたの蓋然性の低さを脇に置く」ことは出来るが、「奇妙なほど凝りに凝った語りの構造にたいしては、なす術がない」（xi）。いかにもラドクリフ的な、発見された手稿による断片的な物語群は、「複数の層に渡る報告や回想を経ても、会話や身振りのごく微細な点に至るまで全く損なわれることなく伝えられているように提示される」(xi〜xii)。ボルディックが主張するように、これは『放浪者メルモス』という小説にあっては、ひときわ不自然なことである。

プロタゴニストがおのれの罪科と恐怖という重荷を他の誰かに伝える不可能性にあからさまにこだわる小説にしては、『放浪者メルモス』は、その重荷を〈語り〉として繰り返し繰り返し、人の手から人の手へと伝えることを認める(認めるどころか要求する)という点で、常軌を逸している。(xii)

ボルティックの言う「おのれの重荷を誰かに伝える不可能性」というのは、放浪者メルモスが、自分の身代わりとして地獄落ちを引き受けてくれる人間を見つけられないことを指している。実際、放浪者メルモスは作中では限りなく無力に近く、例えばモンサダの真の恐怖体験とはメルモスと出逢ったことではなく、微に入り細を穿つようにして語られる修道院での陰惨な虐待と異端審問であり、その苦しみから救ってやると囁くメルモスの誘惑は副次的なものに過ぎないのだ。

同様に、第一の手稿の記録者であるスタントンの場合も、彼が経験した苦しみで具体的に描かれているのは、親族の奸計によって正気のまま精神病院へと収容されてしまったことのみであり、そこから脱出させてやるというメルモスの誘惑を彼が退けた経緯はごく雑駁にしか述べられていない。

手稿は、もうメルモスについては教えてくれなかったが、以下のようなことが書いてあった。即ち、ついにスタントンは監禁状態から解放されたこと、彼がメルモスを追うこと、たゆまず飽かずといった調子であったこと、本人もこれは一種の狂気だと認めていたこと、そしてこれは彼の最大の情熱であるとともに、人生最大の苦しみであると感じていたことなど。スタントンは再び大陸に渡り、イングランドに戻り、追跡し、操作し、跡を辿り、賄賂を使ってもみたが、全ては無駄であった。　（第三章　五八―五九）

つまり、放浪者メルモスは実際のところ、作中で何もしていないに等しいのだが、ボルディックが指摘するように、そのメルモスを語り継ぐ複数の語りは何故か異常なほどに正確に一致しているのである。主役でありながら存在感の薄いメルモスはいわば、作品の中心に座す〈意味の真空〉であって、あたかも貨幣のように、それ自体は何者でもない存在でありながら、流通する事によって全能的な力を得て、その支配をすみずみにまで行き渡らせている。その不在の支配を正確に伝えるという矛盾した仕事を、この小説に登場するたくさんの記録者たちは行っているのだ。

ここで筆者が貨幣という比喩を用いたのは、単なる思いつきではない。ボルディック自身が、意味の真空としてのメルモスを「貨幣」だと考えているのだ。より正確にいえば、貨幣経済がほのめかす「貧困の恐怖」こそが『メルモス』の真空に座す恐怖だと、彼は主張する。その点で、『放浪者メルモス』のゴシック的な恐怖の中心に不可視的に居座っているのは、実は日常生活の卑近な苦しみであり、それをもっとも如実に表しているのが「グスマンの物語」である。ボルディックによれば、「グスマンの（ないしはワルベルクの）物語は、取るに足らぬ埋め草として切り捨てられることもしばしばだ。だが洞察力に優れた批評家たちはこの挿話を、作品全体の推進力となる強迫観念を読み解くための中心的な手がかりだと考えて来た」のであり、「『メルモス』が持つ釣り合いの悪い構造の深奥部分に深く埋め込まれた、グスマン家の相続人たちの物語」は、マチュリン自身の生活苦を反映しているとともに、『放浪者メルモス』が描く恐怖の核心にあるのは金銭の問題であることを示しているのだ（xviii）。

たしかにボルディックの主張は、「グスマンの物語」のような見過ごされがちな挿話の意味を解き明かしてくれる。また、この謂いに従えば、ゴシック小説流行の掉尾を飾るマチュリンの作品が、同時に貧困を描くことにおいてヴィクトリア朝のリアリズム小説をも予見していることになり、『放浪者メルモス』の文学史上における意義を豊かにしてくれてもいる。

しかし、あえて理屈をこねれば、「グスマンの物語」のみが、「『メルモス』が持つ釣り合いの悪い構造の深奥部分に深く埋め込まれ」（Deeply embedded to the heart of *Melmoth's* lop-sided structure）ているわけではない。また、メルモスは作品を通して常に何をも意味しない〈真空〉

であるわけでもない。先に示した図表で確認できるように、作品の語りのレイヤー上、「グスマンの物語」と同じ層に属する挿話がひとつ存在する。しかもその挿話――「恋人たちの物語」――は、作中唯一メルモス本人が語って聞かせることになっているのだ。

自分で誘惑しておきながら、純真な心を持つイシドラに憐憫の情を覚えたメルモスは、アリアーガの前に姿を現し、「あなたがろくに聞きたいとも思えない物語を無理に聞かせる気はなかったのですが、この話があなた自身にとって、もっとも恐ろしく、かつ有益で、さらに効き目のある警告としてはたらくだろうということが私に分かっている以上、致し方ありません」(第二九章　四四三)と述べる。こうして語られる「恋人たちの物語」は、メルモスが様々な他人の口から断片的に語られるが決してその本質はつかめない〈意味の真空〉であることをやめて、初めて自ら語り出す物語である。そのうえ、さらにその内側に「牧師の証言」(物語内―物語内―物語内―物語!)を含む「恋人たちの物語」こそが、この作品の核心にもっとも近いといえるのではないだろうか。

入れ子構造の深奥――メルモスの語りが持つ二重性

すでにあらすじを確認したように、「恋人たちの物語」とは、一七世紀の内乱期に王党派として戦ったシュロップシャーの旧家モーティマー家にまつわる愛憎劇である。クロムウェル派としてアイルランドに渡ったはずのメルモス家が、敵である王党派のモーティマー家について親しげに語るというのも妙な感じがするが、そうした詳細は一切説明されない。語り手としてのメルモスはただ、内乱期の当主サー・ロジャーとその妹アンが被った苦しみと、王政復古の時代に入ってその苦しみが報われたことを、どこか懐かしげな口調で説明する。

「下賜金、罰金の撤回、土地と動産の回復、その他王の感謝の意が与えうるもの全て……が、モーティマー家に雨あられと降り注いだ。その様子は、簒奪者クロムウェルが統治した時代に、罰金や財産の没収や差し押さえが降り注いだのに劣らず速やかであり、さらに迅速ですらあった」……「今でもわたしには彼らが見える」と見知らぬ男は言った――「かつてこの目で見たように。その時彼らは、不規則なかたちに設計された大きな部屋に座っていた。羽目板は、豊かで精緻な飾り彫りを施された、黒檀のように黒い樫の木だった――アン・モーティマー嬢が座すのは、どん詰まりが開き窓になっている部屋の奥。上部の窓枠は、モーティマー家の紋章と先祖の英雄たちが成しとげた伝説的な偉業を描いた模様で、豪奢に彩色されていたものだ」（第三〇章　四五〇―五一）

メルモスは直接に見聞した者としての絶対的な自信をもって、王政復古前後のモーティマー城の運命の変転を語って聞かせる。敵同士の家柄であったはずのメルモスは（しかもこの時点ではまだ生身の人間であったはずなのに）、モーティマー城の内装を詳しく再現してみせて、自分もかつてその空間に身を寄せていたことを示唆する。なお、日本語訳では読みやすさの便宜を図って複数の文に分けてしまったが、「今でもわたしには」から「彩色されていたものだ」までは、原文では長い一文になっており、（『放浪者メルモス』が全体として一九世紀的な長文多用の文体で書かれていることを割り引いても）流れるようにどんどん話し続けるメルモスの様子が偲ばれる文体になっている。

このように、モーティマー家のことを語るメルモスの語り口は全体的に近しい者を語るような親密性に満ちているのだが、とくに「彼ら」のなかで唯一固有名詞を伝えられるアン・モーティマーに対する語りの凝りようは、注目に値する。メルモスが長々と室内の装飾を列挙する節のちょうど真ん中辺りに、ぽんと出現する彼女の名前は（"Mrs Ann Mortimer"は、原文の文法上"as I once saw them, seated in a vast irregularly shaped apartment"という節における"them"の言い換えなので、ほかに動詞を必要としない。だが、そのシンタックスが取りにくいので、彼女の名前だけが浮かび上がって見える）、部屋の奥に鎮座する彼女の姿を文構造の上でも反映させているかのような印象を与えているのだ。

導入段階からメルモスによって焦点化された彼女の描写は、筋金入りの王党派である彼女が、マーガレットやエリナーに内乱期のつらい過去を語り聞かせる段におよび、情熱的な様相をすら帯びて来る。

「少女たちが読んだり話し合ったりしたあらゆる事柄について、アン・モーティマー嬢は生けるコメントだった。彼女の会話は、豊かな逸話で彩られていたが、同時に微細なところまで正確で、時には実に高尚な雄弁の調子にまで高まることもあった。……アンの会話は、兄の孫娘たちにとっては歴史であると同時に詩でもあった」

「当時［文字として］記録されなかったイングランドの歴史的な事件には、一種の〈伝統的な歴史〉があった。それは、たとい現代の歴史家による記録のごとく忠実なものではないにせよ、あの忘れがたき時代にあって、その媒介となった者やそれを被った者（両者はおそらく同義語なのだ）の記憶のなかでは、より生き生きとした歴史なのだ……」

「かくて、記憶が悲しみを蓄えた貯蔵庫となるとき、時勢の変転はいかに忠実に守られることか！――実体験に基づき、衷心から、自らの五感を総動員して描く者の筆づかいの方が、おのれのペンをインク壷に浸し、黴臭い羊皮紙の山に目をやって、自分の知っている事実と感情をそこから拾い集めようとする者より、どれほど優れていることか！　アン・モーティマー嬢には語るべき事柄がたくさんあり、そして彼女は上手に語ったのだ」

（第三〇章　四五二―五三）

ここには、語り手としてのメルモスによる、明らかなシンパシーと同一化を見て取ることができる。まさにこの場面において、モーティマー家の在りし日の姿をアリアーガに語って聞かせるメルモス自身が、文字に残らなかった過去の「生けるコメント」(a living comment) になっているだけではない。彼が「記憶にのみ残る、文字として書かれなかった悲しみの歴史こそが、より生き生きとした歴史だ」と述べるとき、そこには内乱期のトラウマをめぐって、王党派と議会派の間に不思議な共鳴が漂い始めている。(2) クロムウェル派であったメルモスが内乱期の王党派の悲哀に共感を寄せるという即物的なねじれの向こうに、歴史の空白としてのメルモス自身の姿が――スタントンやアドナイジャのマニュスクリプト、その他の文書記録からはぼんやりとした断片しかつかめない〈真空〉としてのメルモス自身の姿が――偲ばれるようになる瞬間、文字に残された記録 (the records) よりも記憶 (the memories) の方をたっとぶメルモスの口調に説得力が生まれる。それゆえ彼は大胆にも、内乱の時代にあっては「その媒介となった者＝加害者」(agents) と「それを被った者＝被害者」(sufferers) は「同義語なのだ」(synymous) と主張してしまうのである。

もちろん、文字記録として残された公的な歴史に対して、薄暗い場所で口から口へと伝えられていく私的な記憶を称揚するようなメルモスの態度には、明らかな矛盾がある。メルモスのこの語り自体がアドナイジャの手稿の一部であるのみならず、そもそもその手稿を含む作品全体が『放浪者メルモス』という文字文化の産物ではないか。本稿の前半で述べたように、ポストコロニアル批評的な読みは、メルモスが抱える二律背反をプロテスタント・アセンダンシーの抱えていた苦境のメタファーとして読む傾向がある。だが、ここで問題になっているのは、植民地支配の加害者と被害者という二重の立場を帯びているということに加え、そうしたおのれの存在に対する表象のレヴェルでの両義的態度、おのれを書き残しつつ同時に消し去ってしまいたいという、〈書き記す行為〉そのものに対する二律背反的な衝動なのではないだろうか。

事実、メルモスは「恋人たちの物語」のなかで、注目すべき矛盾した行動をとっている。この挿話の後半で、傷心のエリナーはメルモスからの誘惑を受け、教区牧師のもとへ相談に行く。エリナーの話を聞いた牧師は、彼女を誘惑している者は人間ではないと告げ、メルモスが肉体的には既に死者である旨を説明する。彼の告白によれば、二人はかつて親しい友人同士であったが、ともにポーランドへ外遊したさいにメルモスが悪魔学にはまり、友人がどうやら悪魔と契約したらしきことを感じた牧師は一切の縁を絶った。だが数年後に、彼のところへ突然「自分の最期を看取って欲しい」という無記名の手紙が届く。牧師が指定の場所へ行ってみると、そこには瀕死のメルモスが臥せっていた。

『『近くへ』とメルモスは、とてもかすかな声で言った――『もっと近くへ。俺はじきに死ぬ。生前の俺がどんな風だったかについては、お前は知りすぎるほど知っているだろう。大天使ルシファーの罪が俺の罪だ……そんな恐怖の表情はやめてくれ。俺がお前を呼びにやったのは、お前から厳な誓約を無理にでも取り付けてやろうとしてのことだ。どんな人間に対しても、俺の死という事実を隠すってな。決して誰にも言うな、俺が死んだこと、いつ死んだのか、どこで死んだのか』」

（第三二章　四九九）

この場面におけるメルモスの行動は、まるでつじつまが合わない。そもそも牧師は彼の居場所どころか生死すらも知らなかったのだから、メルモスの方で彼を探し出して無記名の手紙で呼びつけたりしなければ、「厳かな誓約」を取る必要など最初からなかったはずだ。彼が「俺の死という事実を隠せ」というとき、実際に行っている発話行為は「俺の肉体上の死を是非にでも見届けて、その証人となってくれ」という逆の内容の懇願なのだ。メルモスは自らの肉体上の死について、記録として歴史に刻印したい欲望と自己消去的な欲望とのせめぎ合いのなか、二重の語りを行っているのである。

放浪者メルモスが、記録されたいと同時に文字記録をすり抜けたいという二律背反的な願いを託したこの人物の言葉こそ、すべての語りの層の深奥に包み隠された、作品の構造的な核だと言ってもいいだろう。そしておそらくはそのような立場にあるがために、物語の終盤近くになって唐突に登場したこの牧師の言葉は、限りなく全知に近い視点から語られることになる。エリナーからの相談を受けた彼は、自分とメルモスのかつての関係を一通り説明したのちに、彼女に宗教的な訓示を与える。

「『それ以上の詮索はおやめなさい』と牧師は言った、『……神の力により、あなたが邪悪な者の攻撃を退けられたというだけで、充分ではないですか。試練は恐ろしいものでしたが、その結果は栄光に満ちたものとなるでしょう。敵がしつこく襲って来るとしても、このことを覚えておきなさい。奴はすでに地下牢や絞首台の恐怖のただ中で、ベドラム癲狂院を満たす狂気の叫び声や異端審問所の業火のなかにあってすら、これまで退けられて来たのです。――あらゆる者のなかでも、敵がもっとも容易いと見なす人間、失意のうちに精気のしぼんだ人間――ですら、今なお屈服していないのです。奴は、犠牲者を探して――「おのれが食らい尽くせる人間を求めて」――世界を渡り歩いてきました――しかし餌食の一人としてまだ見つけていないのです。地獄の欲望をたぎらせて犠牲者を探した所でさえも。これをあなたの栄光とし、歓喜の賜物としましょう――奴の敵対者のうちもっとも弱き者ですら、常に敵を無力にする力でもって、彼を拒絶してきたことを』」

（第三二章　五〇一）

「知りたがるな」とエリナーを諫める牧師本人はどうしたわけか何でもご存知のようで、スタントンが精神病院に入れられたことや、モンサダが異端審問にかけられたことまで知っているかのごとき印象を読者に与える言葉遣いをする。だが、ここには時間の二重性がある。ここまで延々とスタントンの手稿やモンサダの語りに付き合って来た読者は、牧師のことばに自然とメルモスの一五〇〇年におよぶ誘惑とその失敗を読み取ってしまう。だが、「恋人たちの物語」は、メルモスの肉体的な死後間もない、王政復古期のことなのである。スタントンが精神病院に強制入院させられたのは、一六七〇年代で同じ王政復古期ではあるが、それにしてもメルモスの活動をこの牧師がどうやって知り得たというのだろう。また、モンサダが異端審問にかけられたのは一九世紀に入ってからのことなのだから、彼の言は未来のことまで見通しているかのようでもある。
五五〇頁を超えるこの大部な小説のなかで、わずか五頁たらずの出番しかない、名前も明かされぬこの牧師が、なぜこのような特権的な語りを与えられているのか——それには、案外簡単な答えを用意できる。まさに彼の職業が作者マチュリンと同じだからであり、作品に宗教的な権威を与える点において、彼は作者の代理人だからであろう。実際、前掲の引用における牧師の説教こそが作品の公式メッセージであることが、『放浪者メルモス』に付された作者自身の手になる序文によって明示されているのだ。

この空想物語《ロマンス》（ないしは作り話《テイル》）のヒントは、わたし自身の説教の一節から取られたものだ。（どうせ読んだことのある人は滅多にいないだろうから）引用させていただこう。これが問題の一節だ。

「いまこの瞬間、ここにいる我々の一人でも、どれほど神から遠く離れ、神の意思に背き、みことばを軽視しようとも——ここにいる我々の一人でも、今この瞬間、人間が与うるもの全て、地上の富の全てを受ける代わりに、魂の救済の希望を捨てる者などいるだろうか？——いや、一人としていない——地上には一人としてそのような愚か者はいない。人間の敵がそのような申し出を胸に世界中を渡り歩いたとしても！」

（序文　五）

作者による自己引用を一読すれば、くだんの牧師のことばが、作者自身の説教の焼き直しであったことが明白であろう。つまり、この作品は、何重にも折り畳まれた語りの層のもっとも内側から発せられた牧師の声が、もっとも外側にある作者自身の声へと回帰して行く円環構造になっているのだ。しかし、この人間の力を信じる力強い説教と、『放浪者メルモス』という作品の間には、根本的な論理の矛盾がある。なぜ作者は、悪魔の誘惑に屈する者など「地上には一人として……いない」と訴えるために、悪魔の誘惑に屈した人物を創造してしまったのだろう。

自らの主張を知らしめるため、その主張のアンチテーゼとなる人物をプロタゴニストに据える——こうした自己破壊的な作品の作り方そのものに、メルモスというキャラクターが帯びていた、文字記録のなかに〈存在〉したいという欲望と、記録に残りたくないという〈非在〉の欲望とが持つ両義性が、反映されているように思われる。この説教を「(読んだことのある人は滅多にいないだろうから) 引用させていただこう」と括弧つきでつぶやく、マチュリンお得意の自虐的なそぶり自体、同じたぐいの両義的な自己顕示欲に満ちている。水にその名を書くように消えて行きつつあるおのれのテクストを救出し、再度紙の上に刻印したいという心持ちと、それに対する羞恥心とが、括弧のなかでせめぎ合っているのだ。

マチュリンの作品にこのような両義的な欲望が混在する理由については、まず彼の伝記的な事情が関わっていることが考えられる。聖職者として、また副業であった個人教師としても、伝奇小説や芝居の作者として実名を公表することがはばかられる一方、〈とくに戯曲の制作時においては〉実名を出さないと稿料をもらえなかったというマチュリンが抱えていたディレンマなどは、確かに理由のひとつではあったろう。[3] だが、多様な現れ方を取りながら『放浪者メルモス』に偏在する、〈書くこと〉に対する屈折した欲望と不安は、それだけでは説明がつかない。

ここで重要だと思われるのは、すでに指摘したように、序文で引用されたマチュリンの説教そのものが、『放浪者メルモス』という作品の構造を脱構築してしまっていることだ。なにしろ、メルモスが「魂の救済の希望を捨て」悪魔と契約をむすび、自ら誘惑者に堕したという設定こそが、この作品で描かれるあらゆる出来事の源泉なのである。もし説教が主張するように、地上にそんな人間は一人としていないのなら、そもそもこの作品は書かれる必要がなかったのだ。乱暴に言い換えてしまえば、カルヴァン主義者としてのマチュリンの宗教的立場から見て、人間のことばが何かを書き記すとき、それは常にあるべき状態から逸れてしまった〈罪の痕跡〉なのである。

もちろん、聖書のみを信仰の拠り所とする点において、伝統的にプロテスタント文化はカトリック文化よりもずっと、書かれた文字記録を重要視する傾向を持っている〈作中で口承文化の担い手のような立場にあるビディ・ブラニガンが、カトリック的迷信の体現者とされることがその好例だ〉。ただしその場合の文字とは、〈神のことば〉に限ったことなのだ。マチュリンの没年に出版された『ローマ・カトリック教会の誤謬に関する五編の説教』（一八二四）のなかで、彼は「マルコによる福音書」にあるキリストの言葉――「こうして、あなたたちは、受け継いだ言い伝えで神の言葉を無にしている」（第七章第一三節、新共同訳）――を引き、次のように主張する。

> このよく知られた表現で救い主がユダヤ人を批判しているのは、彼らが神の法を曲解するのみならず、人間の言い伝えを当てはめることで神の法を挫いているからだ。つまり彼らは、人間の導師が人為的に強奪した権威に由来する解釈なり説明なりの一様式を、聖書に当てはめているのだ――そんな様式はそもそも明らかに余分なものである（神の言葉は、それを明確にしたり確認したりするための人間の言葉など、必要としていない）。（七　傍点部は原文ではイタリック）

面白いほどに――あるいは悲しいほどに――彼の律法主義批判（に名を借りたカトリック批判）のすべてが、マチュリン自身の書き物に跳ね返ってくる。彼の主張に厳密に従えば、『放浪者メルモス』の全文が「明らかに余分」(evidently superfluous) なカトリック的聖書解釈学と迷信の集合体になってしまうのだ。作家としてのマチュリンの「書き記したい」という願いは、常に説教師としてのマチュリンが奉じる「余計なことを書き加えてはいけない」という自己否定的な言語観との軋轢をうちに抱えている。彼の文章に散見される自虐的な表現やレトリック過剰な冗漫さは、ひょっとしたらこうした軋轢の反動なのかもしれない。

『放浪者メルモス』という作品は、「明らかに余分な」表現と挿話を多数含んだ、一見冗長でいびつに見える入れ子構造を有している。だが実際には、これまで論じてきたようにこの小説は、何重もの語りの層の深奥に包み隠された牧師の声が序文に置かれた作者自身の説教と重なり合うという、かなり緻密な構成になっている。ただし、その緻密さは同時に、自己破綻と自己矛盾を暴露するはたらきを持っているのだ。

前掲したカトリック批判の説教は、「心惑わされて言い伝えを擁護する者が、わたしの論題のこの一節を、心破れずに読むことすらできようか?」(一一)という訴えへと展開する。マチュリン自身が、言い伝えられた悲しみの歴史を語りつぐアン・モーティマーを哀惜する「恋人たちの物語」の一節を、心破れずに読み直したであろうことを願う。

注

(1) ケリーは一八世紀後半よりイングランドで流行した古物研究(antiquary)の文脈のなかで、『放浪者メルモス』を読み解いている。ジョン・ブランド(一七四四―一八〇六)のような古物研究家たちの研究対象としての口承文化は、「書かれた歴史」(historiography) の代替文化としてとらえられながら、その存続を古物研究家による文字記録に頼るという二重性を帯びているという議論は、本稿にとっても大変示唆的な議論である。だが、作品分析の中心が、口承文化に属するビディが作中で「迷信」の体現者として退けられると同時に、有益な情報の紹介者としても機能していると指摘するにとどまっていたのが残念。Kelly 一四八―七一参照。

(2) アセンダンシー支配の確立につながった名誉革命（より具体的には一六九〇年のボイン川の戦い)、大量の死者および移民を生んだ一八四五年に始まる大飢饉と並んで、クロムウェル植民を招いた一六四二―四九年の内乱が、アイルランドの文学的想像力に特有のトラウマを与えていることは間違いない。だが、チャールズ・ディケンズ『デイヴィッド・コッパーフィールド』(一八四九―五〇）に登場する「ディックさん」が、回想録を書き綴ろうとする度に「チャールズ一世の首」のイメージに阻害されて筆が止まってしまうように、国王処刑を生んだ歴史的事件と文字記録の問題は、さらに広い文脈からとらえることが可能かも知れない。

(3) ただし、作品の公表に関する即物的な背景についても、マチュリンの場合は一筋縄では行かない。例えば彼は、あくまでロンドンの勅許劇場が『バートラム』を買い取る見込みは低いと考えていたにもかかわらず、ロンドンにこだわった。一見これは自己顕示欲と文学的な野心の表明に見えるが、実際はそうではない。一八一五年三月一六日付けのマチュリンがスコットに宛てた手紙は、当時の彼の思惑を以下のように伝えている――「当初はダブリンの劇場経営者に［『バートラム』を］見せるつもりだったのですが……聖職者としての自分の名前に傷がつきかねないと思い直しました。まして、教師としてはなおのことです。なにしろ、生徒の一人はわたしが芝居を書いたという噂を聞いただけで、わたしを解雇したのですから」(Ratchford & McCarthy 三七)。

引用・参考文献

Anonymous. "Conversations of Maturin." *The New Monthly Magazine and Literary Journal* 19 (1827): 401-11.

Baldick, Chris. Introduction. Maturin vii-xix.

Cox, Jeffrey N., ed. *Seven Gothic Dramas 1789-1825*. Athens, Ohio: Ohio UP, 1992.

Doyle, Laura. "At World's Edge: Post/Coloniality, Charles Maturin, and the Gothic Wanderer." *Nineteenth-Century Literature* 65. 4 (2011): 513-47.

Eagleton, Terry. *Heathcliff and the Great Hunger: Studies in Irish Culture*. London: Verso, 1995.

Foster, R. F. *Modern Ireland, 1600-1972*. 1988. Harmondsworth: Penguin, 1989.

Gibbons, Luke. *Gaelic Gothic: Race, Colonization, and Irish Culture*. Galway: Arlen House, 2004.

Horner, Avril, ed. *European Gothic: A Spirited Exchange 1760-1960*. Manchester: Manchester UP, 2002.

Kelly, Jim. *Charles Maturin: Authorship, Authenticity and the Nation*. Dublin: Four Courts, 2011.

Kiberd, Declan. *Irish Classics*. London: Grenta, 2000.

Kreikamp, Vera. "Fiction and Empire: The Irish Novel." *Ireland and the British Empire*. Ed. Kevin Kenny. Oxford: OUP, 2004. 154-81.

Malchow, H. L. *Gothic Images of Race in Nineteenth-Century Britain*. Stanford: Stanford UP, 1996.

Marshall, Ashley. "Melmoth Affirmed: Maturin's Defense of Sacred Hisotry." *Studies in Romanticism* 47. 2 (2008): 121-45.

Maturin, Charles. *Bertram: or, the Castle of St. Aldobrand.* 1816. Oxford: Woodstock Books, 1992.

——. *Five Sermons on the Errors of the Roman Catholic Church.* 1824. Ann Arbor: University Microfilms, 1970.

——. *Melmoth the Wanderer*. 1820. Ed. Grant, Douglas. The Oxford World's Classics. Oxford: Oxford UP, 1989.

Ratchford, Fannie, and W. H. MacCarthy, eds. *The Correspondence of Sir Walter Scott and Charles Robert Maturin, with a Few Other Allied Letters*. Austin, Texas: U of Texas P, 1937.

Punter, David, and Clemens Byron. *The Gothic*. Blackwell Guides to Literature. Malden: Blackwell, 2004.

Ragaz, Sharon. "Maturin, Archibald Constable, and the Publication of *Melmoth the Wanderer*." *The Review of English Studies* 57. 230 (2006): 359-73.

第四章 核時代のロビンソン

——『ピンチャー・マーティン』における〈ロッコール〉表象——

小林亜希

はじめに

ウィリアム・ゴールディング（一九一一―九三）の『ピンチャー・マーティン』（一九五六）は、北大西洋に位置する孤岩に漂着した水兵クリストファー・ハドリー・マーティンのサバイバルが詳細に報告される、ある種のロビンソン物語である。物語はUボートの魚雷攻撃と思しき事故によって船から投げ出されたマーティンが、幾度となく海中に引きずり込まれながらも、死にもの狂いで海面に浮上しようと格闘する光景から始まる。

彼はあらゆる方向にもがき続けていた。彼は悶えながら足を蹴り続ける彼自身の身体の結び目の中心だった。上もなく下もなく、光も空気もなかった。口がひとりでに開いて甲高い悲鳴がほとばしり出るのを彼は感じた。

「助けてくれ！」（一）

「悶えながら足を蹴り続ける彼自身の身体の結び目の中心」（"the centre of the writhing and kicking knot of his own body."）と呼ばれるように、冒頭からマーティンの魂と肉体は今にも切り離されようとしている。マーティンは生と死の境目に存しており、この状況こそが後に重要な問題になる。

口の中いっぱいに水が溢れ、喉がつまった。閃光弾の閃光が闇を引き裂いた。彼は重たいものが自分を下へ引きずり込むのを感じた。唸りが重たいブーツの映像をともなって戻ってくる。彼は両脚を動かし始めた。［……］ブーツはふくらはぎの上を滑り出して、彼は蹴るようにしてそれを脱いだ。いったんゴムの口がつま先を離れると、それがもういちど触れてくるのを感じたが、それっきり完全に消え失せてしまった。彼は左足を上げ、残っていた一足と格闘して脱ぎ捨てた。両方ともなくなった。彼が身体を伸ばすと力が抜けた。（四）

海中での孤独な闘いは、第一章を通してリアリスティックかつ執拗に描かれる。マーティンは必死に藻掻きながらブーツを脱ぎ捨てようとするが、それさえも容易ではない。ようやくブーツを脱ぎ捨てて救命帯を膨らませるものの、死の恐怖が絶えずマーティンを追い立てていく。やがてマーティンは意識を失い、とある岩礁に漂着して九死に一生を得る（かのように思える）。だが、無人の岩礁は絶海の孤島であり、ロビンソン物語にありがちな救済を仄めかす出来事は一切起こらない。時折フラッシュ・バックによって現前する過去の記憶と幻想を除けば、カサガイやイソギンチャクを食べて飢えを凌ぎ、雨水で喉の乾きを癒すといった過酷なサバイバルが、マーティンの知覚を通して連綿と報告されるのである。

ところが、最終章（第十四章）では、ヘブリティーズ諸島の海辺に打ち上げられた死体を処理するキャンベルと本土から派遣された海軍士官デイヴィッドソンが登場し、マーティンと思しき死体を前に次のような対話がなされて、物語は唐突に終了する。

「破壊され、汚れたもの。大地に返ろうとして、たる木は腐り、屋根は落ちて――難破船のようです。あなたはそこで何か生きていたものがあると信じられますか？」

そのとき、そのしかめ面が戸惑いを見せた。

「何を言いたいのか、私にはあいにくわかりかねるが」

「あのかわいそうな連中はみんな――」

「その男達を私が――？」

「収穫。悲しい収穫ですよ。言わせて貰いますが、あなたは私の職務上の信念を全くおわかりにならないでしょう、デイヴィッドさん。でも、このところ、あの哀れな見捨てられた者のすぐ隣で寝起きしていましたらね――デイヴィッドさん。誰か――生き残っていたとお思いですか。それともそれがすべてだったのでしょうか。あの差し掛け子屋みたいに」

「もしマーティンのことが心配なら――彼が苦しんだかどうかという話だったら――」

しばらくの間、彼らは沈黙した。掃海艇の彼方で太陽が炎上する船のように沈み、姿を隠した。あとに太陽を思い出させるものは、煙のような雲以外何一つ残さなかった。

キャンベル氏がため息をついた。

「ええ」と彼は言った。「私の言いたかったのは、まさしくそのことだったんです」

「それならあの男は心配いらない。あなたは死体を見たでしょう。ブーツを脱ぎ捨てる時間もなかったほどなのだから」

（二一三―二一四）

物語冒頭でブーツを必死に脱ぎ捨てる様子が仔細に描かれていたにもかかわらず、デイヴィッドソンの「ブーツを脱ぐ暇もなかった」いう発話から、マーティンは即死であったことが暗示されるのである。読者はマーティンのサバイバルの記録として物語を読み進めるが、最終章では、彼の知覚や身体の記憶はおろか、生存そのものが幻想に過ぎなかったと思わざるをえず、再読を促されることになる。デイヴィッドソンの発話が信頼できるものかどうかという問題は残るにせよ、タイガーが指摘するように、マーティンの知覚を通して報告される生存の経験が「見せかけの現在」にすぎないとすれば、この物語で語られる〈今・ここ〉自体が疑義に付されることになるだろう（一一三）。「ロビンソン物語」を系譜学的に分析したグリーンは、当該テクストを「反ロビンソン物語」として位置づけた上で、次のように述べている。

もし『蝿の王』が珊瑚島での少年達の集団についての作品であるとするなら、『ピンチャー・マーティン』は、ある意味でデフォーの原作により近い作品である。というのもこれは、奇妙なもの（無防備の海中に突き出た砦）にしがみついて生き残ろうとする孤独な遭難水兵についての物語だからである。しかしこの水兵の経験は、いかなる面においてもロビンソンとは正反対である。彼は肉体的にも精神的にもひどく崩れており、その体験は死で終わる。しかも形式的にもこの小説は別の神話を破壊している。すなわち、終結部で、この水兵はほとんど即死であり、それまでの生存の日々なるものは彼の幻覚にすぎなかったことが明らかにされる。かくして形式としてのリアリズム自体が茶化されているのである。ゴールディングはジャンルとしてのロビンソン物語全体に対する執念深い敵意に突き動かされているように思われる。（二五六）

「ロビンソン物語全体に対する執念深い敵意」があったかどうかは兎も角、ここでは「形式としてのリアリズム」そのものが問題になっていることに留意したい。キンキードウィークスとグレガーは、ダニエル・デフォー（一六六〇―一七三一）の『ロビンソン・クルーソー』（一七一九）と比較・分析した上で、「『ピンチャー・マーティン』における〈リアリズム〉は徐々に皮肉なものに変化していく」（一〇二）のだと述べている。だが、高橋がいみじくも指摘しているように、「物語言説による物語内容の破壊」（高橋　八四）とも言える事態を、私たちはどのように考えればよいだろうか。

同時代の批評家であるカーモードやペンバートンがマーティンを現代のプロメテウスとして評価し、その実存に注目する一方で、ギンディンやロッジはエンディングの構造に注目し、アンブローズ・ビアス（一八四二―？）が一八九〇年に上梓した短編小説「アウル・クリーク橋の出来事」（'An Occurrence at Owl Creek Bridge'）と同様、死ぬ間際にマーティンが見た幻想であるとする解釈を提示している。だが、一九五八年に『ピンチャー・マーティン』をラジオドラマ化するに際して、「マーティンは自分の極めて残忍な性格が作り上げた世界で肉体とは別に生存を続けた」とゴールディングがコメントしたことで、生存の時間は現実のものではなく、「煉獄」の時間であるとするエルメンらの神学的解釈も一定の説得力を有してきた。一九五七年に出版されたアメリカ版が『ピンチャー・マーティンの二つの死』(*The Deaths of Pincher Martin*) という副題を付されて発表されたことも、批評に少なからず影響を与えたと言えるだろう。いずれにせよ、以上のような解釈を誘発すること自体、この物語がリアリズムを装ったアレゴリー小説であり、ロビンソン物語をアイロニカルに逆転させたテクストであることの傍証になっているように思われる。

しかしながら、これらのエンディングの解釈を伴う先行研究は、テクストの意味作用をテクスト内部に限定し、同時代の表象については殆ど考察を加えてこなかった。クロフォードは、第二次世界大戦中の政治、特に全体主義をコンテクストとして想定しながらも、エンディングの解釈にまでは踏み込んでいない。Uボートの存在が書き込まれていることから、背景となるのは主に第二次世界大戦であるが、ここではテクストが上梓された一九五〇年代までを包括する文化表象に留意して、エンディングの解釈を読み直してみたい。特に着目するのは、マーティンが漂着すると思われる岩礁〈ロッコール〉(Rockall) である。これまでの先行研究は、アレゴリー小説の読解コードに依存し、マーティンの現在が〈見せかけの今〉である限りにおいて、漂着した島は名前を持たず、場所を問うこと自体を黙殺してきたように思われる。しかし、マーティンの意識は、明らかにロッコールの表象を想起した上で忘却しているのであり、現実の場所でないにせよ、ロッコールを想起すること自体に意味があるのではないか。(1)

ロッコールは北大西洋に位置する「岩」であるが、一九五五年に英国が大英帝国最後の領土として領有権を主張した無人の「島」であり、冷戦期の英国においては地政学的に重要な空間であった。また、多くの批評家が指摘しているように、テクストがゴールディングの海軍時代の体験を少なからず反映しているとするなら、エンディングに登場する英国海軍の表象についても考察する余地があるかもしれない。本論では、ゴールディングが拘り続けた核時代のコンテクストから、最終章におけるピンチャー・マーティンの死を読み直すことで、二〇世紀におけるフィクションとポリティクスのダイナミズムの考察に繋げたい。

ロッコール表象——名付けることの暴力

魚雷駆逐艦から投げ出されたマーティンは、海中で藻掻き続けた挙げ句、とある岩礁に到達する。岩礁の上で自分がどこにいるか考えを巡らすとき、あるイメージ("picture")がフラッシュ・バックでマーティンの意識に現前する。

欠落した名前があった。その名前は海図に記載されていた。大西洋のはるか沖合の、途轍もなく隔絶された岩礁だったので、風や天気をいくらか笑いものにできる船乗り連中は、その岩を笑い草にしたものだった。眉間に皺を寄せながら、彼は今、はっきりとは見えないのだが、その海図を心の中に思い描いた。駆逐艦の航海長が艦長と一緒に海図を覗き込んでいるのが見え、航海長付き下士官である彼自身は後ろに控えて立っており、彼ら二人は顔を見合わせて笑っていた。艦長は歯切れのよいダートマス訛りで話し――話して笑った。

「危うくニアミスと呼びそうになったよ」

その名前が何であったにせよ、とにかく、ニアミス。いまそのニアミスの上で縮こまっているのだとして、ヘブリティーズ諸島からは何海里あるだろうか？　それほど滑稽なまでに隔絶された岩の亀裂の中で瞬きながら消えてしまうものなら、この火花のようなものに、何の意味があるというのか？　彼は艦長のイメージに向かって、唾するように怒りの言葉を投げつけた。（二七）

ここでは一見、島の固有名は登場していないように思えるが、航海長が口にした「危うくニアミスと呼びそうになったよ」("I call that name a near miss.")というジョークが、マーティンの漂着した場所がロッコールであることを暗示している。ロッコールは何もない岩礁として知られていたため、航海長は「危うく"Fuck-all"(=nothing)と言いそうになった」とふざけながらロッコールに言及しているのである。ところが、マーティンは以上の発話を回想し、ヘブリティーズ諸島からの距離について思案するにもかかわらず、「その名前が何であったにせよ、ニアミス」

と言うように、ロッコールの名前を即座に抑圧してしまう。その後も、マーティンはロッコールの名を思い出すことができず、語り手も言及することはない。名前を抑圧するだけでなく、オックスフォード・サーカス、ピカデリー、レスター・スクエアとったロンドンにちなんだ名前を岩礁の部位ごとに付与した挙句、マーティンは次のように語る。

「俺は生き抜くことで忙しい。俺はこの岩礁を名前によって網で捉え、飼い慣らそうとしている。その重要性を理解できないという人々もいるだろう。名前をつけるということは、封印すること、鎖をつけること。もしもこの岩がこの岩の流儀に俺を順応させようというのなら、俺はそれを拒絶する。そして、俺の流儀に岩のほうを順応させる。俺の日常の流儀を、つまり、俺の地理を押しつける。名前でもって動きがとれないようにしてやる。もし吸い取り紙で俺を抹消しようというなら、言葉が反響して、意味ある音声が俺自身のアイデンティティを確信させてくれる、この場所で話をしよう。」（九〇）

この振る舞いは、本来の土地の名前を抑圧／消去し、既知の名前を上書きする帝国主義者の行為と言えるだろう。しかも、マーティンは「名前をつけるということは、封印すること、鎖をつけること」というように、名付けることの暴力性に自覚的である。ギルモアはロビンソン・クルーソーがフライデーに名前を付けたのと同じように、マーティンが所有としての名付けの権力を行使しつつ、そこに「消去の恐怖」（"the terror of obliteration"）があることを読み取っている（九八）。だが、この命名行為は原住民のいる植民地ではなく、船乗りたちから“Fuck-all”と呼ばれる無人の岩の上で行われているために、私たち読者には滑稽な振る舞いに見えてしまう。デリダが論じた「名付けることの根源的暴力」とも言える事態が、ここでは戯画化されているとも言えるだろう。それでもマーティンは飽くことなく見たものすべてに名前をつけ、絶え間なく書き込みを続ける。その一方で、マーティンは自分の名前に固執し、海軍で配布された自らの「認識票」（“identity disc”）を大切に身につけ、それを見返すことで自らのアイデンティティを保とうとする。認識票には、マーティンのフルネームである「クリストファー・ハドリー・マーティン」という表記と「英国海軍義勇予備隊・国防義勇軍大尉、英国国教徒」（七八）といった所属が記されており、岩礁の上では認識票こそがマーティンのアイデンティティを保証する唯一のものなのである。ところが、皮肉なことに、マーティンは海軍特有の渾名として「ピンチャー」（「つかみ取る人、盗人」の意）と呼ばれるのであり、そのアレゴリカルな意味通り、他人のものを「つかみ取る」貪欲な男であることが一連のフラッシュ・バックから露見する。(2) マーティンは、友人のアルフレッドの恋人シビルを寝取り、自らが所属する劇団の演出家ピートの妻ヘレンとも同衾した挙げ句、彼女を劇団での地位のために利用する。そればかりか、親友ナサニエルの婚約者であったメアリーを手込めにし、メアリーとの関係への嫉妬からナサニエルを船尾から故意に突き落とそうと企てていたのだ。他者を搾取する対象としてしか見做していないマーティンの一連の悪事は、その渾名のアレゴリカルな具現化になっているのである。

最終章では、死体につけられた認識票によって名前が特定されるが、海軍士官デイヴィッドソンは認識票以上の情報を得ることができずに途方に暮れる。自らの言葉を反復するように、マーティンは肩書きと名前によって「封印され、鎖をつけられた」まま死に至るのである。したがって、マーティンはロッコールの名を抑圧し、帝国主義者として振る舞うが、その行為は自らに対してもアイロニカルに差し向けられることになる。だが、何故マーティン及び語り手は、ロッコールの名を抑圧するのだろうか。先回りしていえば、この岩礁が〈無〉であることへの怖れが、マーティンを名前の抑圧と書き込みへと駆り立てているのである。このとき、ロッコールが〈無〉であるが故に構成されるポリティクスがあるために、マーティンの死はある種の政治性を帯びることになる。テクストの分析に先立って、ヘブリティーズ諸島に位置するロッコール表象を概観してみたい。

ロッコールを巡る地政学

ロッコールは北大西洋に浮かぶ岩であり、スコットランドのノース・ウイスト島西端部の、マニッシュ・ポイントの西方沖合約三六八キロメートルに位置する。現在はどの国にも属さない公海上の岩と見做されているが、過去には英国の他、デンマーク、アイスランド、アイルランドが領有権を主張していた。英国側の記録では、一八一一年にHMSエンディミオンに乗船していた英国海軍士官キャプテン・バジル・ホールの上陸が最初の記録であり、その後、一八三一年に海軍測量技師であったアレクサンダー・トーマス・エメリック・ヴィダルによって位置、大きさ、形状などが正確に記録された。それ以前には、スコットランドの作家マーティン・マーティン（?―一七一八）が一六九八年に記した『セント・キルダ島への最新航海』(*A Late Voyage to St Kilda*)が、セント・キルダの住民から「ロッカバーラ」(Rokabarra)と呼ばれていたことを記録している。

ロッコール島（Harvie-Brown, J. A. & Buckley, T. E. (1889), A Vertebrate Fauna of the Outer Hebrides）

マクドナルドは、一九世紀のロッコールが地質学や気象学への科学的な関心を喚起する空間であると同時に、英国本土から隔絶しているために「崇高さ」(sublime)を想起する場所であ

HMSエンディミオンから上陸するバジル・ホール

り、ロッコールを訪れることは ヒロイズムを示す典型的な行為であったことを指摘している（マクドナルド　六三二）。マーティンが発揮するある種のヒロイズムは、期せずしてロッコールのトポスに依拠していると言えるのかもしれない。

しかし、ロッコールが地政学的な重要性を増すのは、第二次世界大戦から冷戦期にかけてであった。第二次世界大戦中、ロッコール周辺はUボートに対する防衛のために使用された。

艦は大西洋沖で沈没した。何百マイルもの沖合。艦はたった一隻で、無線封鎖を解除するために、護送船団から北東方面に派遣されていた。あのUボートは情報収集のために生存者を一人でも二人でも捕まえる

ために、そこらをうろついているかもしれない。（一二―一三）

自由直接言説によって語られる以上の箇所は、魚雷駆逐艦（destroyer）がこの近海を航行していたと考えれば故無きことではないのである。さらに、第二次世界大戦下のヘブリティーズ諸島は北アメリカとヨーロッパ間の最短ルートであっただけでなく、人口の集中する本土から離れた無人の空間であったため、軍事兵器の実験場として使用されていた。ゴールディングがロッコールでの実験に関わっていたかは定かではないが、ウィンストン・チャーチル（一八七四―一九六五）が主導した破壊兵器の実験計画ＭＤ１に携わっていたことはわかっている（Carey 八九―九一）。ＭＤ１は、「チャーチルの玩具屋」（Churchill's Toyshop）と呼ばれた軍事兵器の開発計画であり、主に潜水艦を駆逐するための兵器「ヘッジホッグ」（Hedgehog）等を開発していた。ゴールディングは一九四二年にＭＤ１の爆発実験で右足を負傷しており、ケアリーは戦争体験がテクストに書き込まれていることの一つの例として、マーティンの右の大腿に傷があることを指摘している[3]（一九三）。

その後、チャーチルによって進められた軍事兵器の開発は、冷戦を経て核兵器の開発へとシフトする。一九五二年、チャーチルは核兵器の保有を宣言、同年の十月には「ハリケーン作戦」（Operation Hurricane）と呼ばれる英国初の核実験がモンテベロ諸島と西オーストラリアの間で

ユニオン・フラッグを固定する様子。この上陸のメンバーには、博物学者であり鳥類学者でもあったジェイムズ・フィッシャー（1912-70）も含まれていた。

行われた。人の住まないヘブリティーズ諸島は核ミサイルを配備するには最適の場所であったため、一九五五年にアメリカ製の核ミサイルがヘブリティーズ諸島の一つであるサウス・ウイストに配備される。このとき、旧ソ連によって監視装置がロッコールに設置されることを怖れた英国は、領有権を明確に主張するためロッコールに上陸し、ユニオン・フラッグと真鍮の飾り板をセメントで固定したのだった。

ロッコールの領有化はＢＢＣでも報道されたため、コメディ・ドゥオ、フランダースとスワンによって歌われた歌謡曲『ロッコール』（一九五六）や、Ｔ・Ｅ・ホワイトによるＳＦ小説『ザ・マスター――冒険物語』（一九五七）等の大衆文化を生みだしている。一九五〇年代の読者にとって、ロッコールはある程度、人口に膾炙した空間であったと言えるだろう。ポール・ヴィリリオは、「戦争とは「物質的」勝利（領土獲得、経済支配）を収めることよりも、知覚の場の「非物質性」を支配するところに成立している」（七）と述べているが、マクドナルドは、ヴィリリオの言説に依拠した上で、ロッコールの支配が従来の領土支配ではなく、「非物質性」、すなわち、核ミサイルを含めた破壊兵器等のテクノロジーによって成し遂げられたものであることを重要視している（六三五）。

このように、ロッコールは大西洋に浮かぶ孤岩にすぎない、"Fuck-all" な空間であるにもかかわらず、第二次世界大戦から冷戦期までの核時代の地政学によって、執拗に書き込まれることで成立した島であった。それは実在の岩礁でありながら、ポリティクスの言説によって仮想的に構築された虚構の空間でもあったのだ。しかも、ドイツや旧ソ連といった敵国からの侵略が想定されていた時代にあっては、白紙であるが故に上書きされる恐怖が常につきまとっており、その恐怖が原動力となって一九五五年のロッコール領有化に繋がったことを考えると、極めて逆説的な事態であったことがわかる。以上の歴史的な書き込みは、ロッコールの名前を抑圧し、〈無〉の岩礁に自らの欲望を書き込んでいくマーティンの振る舞いとオーバーラップしているのではないだろうか。マーティンによる〈無〉に対する過剰な書き込みもまた、同時代のポリティクスをなぞりながらも、自らが絶えず書き込まれ、消去される恐怖に曝されており、欲望の主体であり続けることができなくなる。この逆説を明らかにするために、マーティンの欲望の主体について分析を試みたい。

欲望のチャイニーズ・ボックス――主体の解体

マーティンは、名付けることで書き込みを行うだけでなく、「食べる」ことで他者を自らに取り込もうとする。テクストには「書くこと」のメタファーが頻出するが、それはやがて「食べること」のメタファーへと転移していく。「書くこと」と「食べること」は、マーティンの欲望を構成する重要なメタファーになっており、フラッシュ・バックによって現前する「チャイニーズ・ボックス」のイメージと「ブリキの缶に入れられた魚に巣くう蛆虫」のエピソードは、「食べること」の欲望の絶え間ない入れ子構造を象徴しているように思われる。

食べることとチャイニーズ・ボックスの間には関係がある。チャイニーズ・ボックスとは何だ？ 棺桶のことか？ それとも入れ子になっている、象牙彫りの飾り箱？ いずれにせよ、食べることにはどこかチャイニーズ・ボックスのようなところがある――（九三）

「小さな蛆虫が豆粒ほどのやつを食べる。中くらいのがその小蛆虫を食べる。その大蛆虫がその中蛆虫を食べる。つぎにはその大きなものがお互いどうしを食い合う。そうして二匹、ついに一匹。魚が一匹いたところに、いまでは勝ち残った巨大な蛆虫が一匹。天下の珍味のでき上がり。」（一四四）

一連のフラッシュ・バックと岩礁でのサバイバルによって露わになるのは、自らの欲望のために他者を食いものにし、殺人未遂まで犯す貪欲な男の姿であり、岩に張り付いたカサガイとイソギンチャクを食べてでも生き残ろうとする生への飽くなき執着である。蛆虫のように、マーティンは他者を「食べる」ことで自らの欲望を充足させ、意に沿わないものは「排泄」することで自我を肥大化させていく。そればかりか、チャイニーズ・ボックスの入れ子のように、マーティンの世界には〈外部〉がない。すでに見たように、岩礁の部位に名前を付与し、自らをプロメテウスやリア王に見立てて英雄視するマーティンの行為は、未知の〈外部〉を既知の〈内部〉で置き換える帝国主義者の振る舞いを想起させる。しかしながら、〈外部〉を際限なく食い尽くし、内面化することでアイデンティティを確立したマーティンの周囲には、もはや茫漠とした海しか残されていないのである。それは植民地政策によって領土を拡張し、外部の他者を内面化することで馴致しようとした大英帝国が斜陽を迎え、無人の岩礁ロッコールが最後の植民地となった英国の状況と軌を一にしていると言えるだろう。

だが、マーティンは「食べる」主体であり続けることができない。友人ピートによって語られる「蛆虫」のエピソードは極めて示唆的である。地中に埋められたブリキ缶の中の蛆虫は最後に一匹の大きな蛆虫となるのだが、X線の目（“X-ray eyes”）を持つ中国人は頃合いを見て、この缶を取り出して食べるのだという。(4) 蛆虫のメタファーに依拠するなら、マーティンは「最後の一匹」であるが、その一匹が入った缶を取り出すのはマーティン自身ではないのである。とはいえ、マーティンは決して他者の不在に無頓着だったわけではない。「どうやって鏡なしで完全なアイデンティティを保てるのか？」（一四〇）と自問するように、マーティンは他者なしでは生きられないことを実感しているからこそ、「俺のことを俺に説明してくれる他の人間がいた」（一四〇）ことを述懐するのである。「『ピンチャー・マーティン』という小説は、途方もなく貪欲な一人の男が、「自己の存在には他者の存在が不可欠である」という摂理を知りつつもそれに逆らい、他者を排除し続けて自己の世界を創り出そうと努力する姿と、やはり自分も他者存在によって創られたものだということを思い知らされ、必然的に敗北する過程を描いているのだ」（七二）と宮原が言うように、他者の不在こそがマーティンの主体を解体せしめる契機となる。

やがて、食い尽くしたはずの〈他者＝外部〉が回帰することによって、マーティンの主体は自らも「食べられる」存在であることを自覚するようになる。マーティンの意識に現前する親友ナサニエルは、マーティンに「食べられた」他者の幻影として登場し、「天国の講釈」（“lectures of Heaven”）をするが、「僕らが今存在していることをありのまま受け入れるなら、天国は全くの無だよ。形もなければ何もない。そうだろう？　黒い稲妻のようなものが、僕らが生と呼んでいるものをすべて破壊し尽くすのだから」（一九五）と言うように、〈生〉の外部は〈無〉に他ならないことをマーティンに告げる。マーティンはナサニエルの考えを即座に否定するが、この対話の直後に、艦から落下した光景がフラッシュ・バックし、「食べられた」（"Eaten"）と報告されているように、マーティンは「食い尽くせない」外部に死が待ち受けていることを知っていたのである（一九八）。それにもかかわらず、「中心」は自身が役者時代に経験したであろうシェイクスピアの「リア王」を演じながら、狂気の中で必死の抵抗を試みる。「真っ赤なロブスター」（一七八）の存在は、自らがすでに死んでいることを暗示する記号であり、「マーティン自身のパロディ」（六九）でもあるが、マーティンは「事実とシンボルを区別できない」（杉村　五七）のであり、それを一瞬だけ認めつつも、敢えて抑圧し続けるのである。興味深いことに、〈死〉の抑圧と〈ロッコール〉の名前の抑圧は、〈無〉そのものを回避しようとするマーティンの欲望において、分かち難く結びついている。

> 何かが表面に浮かびあがろうとしていた。それは自分の名前を忘れてしまっていたから、自らのアイデンティティがはっきりしなかった。それはばらばらに破壊されていた。それはこれらの断片を、やっきになって綴り合わせようとしていた。[……] それは非存在の裂け目であり、世界の外に向かって開かれている一つの井戸であった。今現在、ただ存在しているだけで疲労するほどの努力が必要だったから、彼は横になって生きているだけで精一杯だった。（一七八）（傍点は筆者）

マーティンにとって最後の外部であり、〈まったき他者〉であったのは「非存在」（"notbeing")、すなわち、死であった。第一三章では、次第に一人称の表記が混乱し、「口」と「中心」が語り出すようになる。それまでリアリスティックに描かれてきた身体描写は影を潜め、マーティンは自らが創り出した神と対話を始める。「自分には生きる権利がある」ことを頑なに主張するものの、「どこにそんなことが書いてある?」と問われたマーティンは、「何も書き込まれてはいないさ」("Then nothing is written.")と答えるほかなく、生存を保証する「書き込み」の不在を自ら暴露してしまうのである（二一〇）。最終的に、マーティンの主体は「黒い稲妻」によって解体され、その身体は島そのものと同化する。

絶対的な黒さを持つ線が前方をまさぐるようにしながら、その岩の中に入り込んだ。それはあの絵に描いた海と同じように、実体のないものであった。破片は消え失せて、鉤爪の周りに紙のような島が一つ取り残されているだけだった。どこを見ても、中心には空無としてわかっている存在のありようしかなかった。（二一五）

ここでマーティンの主体は単に解体されるのではなく、島そのものに取り込まれて一体化するのだが、島自体が「無」と呼ばれ、実体を持たない「紙のような」空間であると語られている。ここで「鉤爪」と呼ばれているように、島の形状がロッコールの形そのものを喚起することに注目したい。ロッコールの姿を暗示しつつも最後まで名前を明示しないことで、その虚構性が強調されるのである。それはまさに、敵国に書き込まれ、取り込まれる恐怖ゆえに、領有化されたロッコールの虚構性とオーバーラップしているように思われる。高橋は、〈書く者／書かれる者〉の関係性の相互作用に注目し、マーティンが「自分が物語を書きその物語が真実であるかのように生きようとして他者のテクストに翻弄され、そのために自分では気づかない内側の自分を表出する」（七九）と述べているが、自分が書いた物語の虚構性を意識するとき、マーティンは外部にある死を意識せざるをえない。マーティンは狂気の最中に自らが抑圧してきたロッコールの虚無に取り込まれることで、死を迎えるのだ。第十三章におけるマーティンの死は、〈無〉を巡る同時代のポリティクスの生成と同様、〈無〉を抑圧することで〈無〉に取り込まれるという逆説を有している。だが、最終章（第十四章）におけるマーティンの二度目の死は、これまでの葛藤を無効にするような、暴力的なエンディングである。ここで改めて、同時代の表象に留意しながら、エンディングを読み直してみたい。

おわりに――核時代のディストピア／ヘテロトピア

第十四章を初読するとき、私たち読者はマーティンの孤岩でのサバイバルを知っているが故に、キャンベルの発話が「マーティンは死ぬ直前まで生き延びていたのか否か」という問だと了解し、それに応える海軍士官デイヴィッドソンの発話のアイロニーに驚くことになる。すなわち、「ブーツを脱ぐ暇もないほどだったから、苦しむことはなかった」というデイヴィッドソンの発話は、マーティンの肉体的苦痛や心的葛藤を否定するばかりか、生存の記録を否定することになるからである。このとき私たちは、マーティンの生をどのように捉えればよいのか、というのが最初の問いであった。しかし、エンディングを再読して気づくのは、デイヴィッドソンとキャンベルの会話の明らかなぎこちなさである。そもそも二人の遣り取りの不確かさはデイヴィッドソンが上陸した時点から始まっており、キャンベルは状況の真相を聞き出そうとするが、デイヴィッドソンは質問をはぐらかし続ける。しかし、この遣り取りの前にキャンベルは、「あの可哀想な人々は皆――」("All those poor people ――") と言うように、犠牲者が一人ではなかったことを仄めかしており、その犠牲者たちのことを「悲しい収穫」("sad harvest") と呼ぶ。それは死体が海から引き上げられた「収穫」であることをアイロニカルに指示すると同時に、それが戦争による何らかの「結果」であることを暗示した婉曲的な表現である。「破壊され、汚れたもの。大地に返ろうとして、たる木は腐り、屋根は落ちて――難破船のようです」と語られているように、被害が極めて甚大であったことが報告されている。ここで注目したいのは、デイヴィッドソンが「その男達を私は――」("The men I ――?") と複数で犠牲者のことを指した上で、明言は避けつつも、「私」という主語で自らの責任について暗に言及していることである。以上の遣り取りの後に二人は沈黙し、「掃海艇」("the Drifter") の後に太陽が沈む。キャンベルが死体処理をしている島が第二次世界大戦下のヘブリティーズ諸島の一部であるとすれば、デイヴィッドソンが乗ってきた“the Drifter”は、機雷を処理する「掃海艇」(minesweeper)を意味しており、ロッコール近海で何らかの爆発があったことは想像に難くない。おそらく、その痕跡は跡形もなく処理されてしまうだろう。いずれにせよ、マーティンの死は、戦争による大勢の死者のうちの一人であった可能性が高い。さらに、「ブーツを履いて死ぬ」(“die in one's boots”)といえば、それは文字通り靴を履いて死ぬことだけでなく、軍隊において「殉職する」ことを意味するイディオムである。[5] だとすれば、最後のデイヴィッドソンの発話は、マーティンの即死を意味するだけでなく、その死を戦時におけるヒロイズムと結びつけ、戦争の「悲しい収穫」として葬り去ることを意味するだろう。その発話の信頼性の如何にかかわらず、デイヴィッドソンの発話は、今際の〈生〉を消去し、書き換えてしまう。こうして、マーティンの死は、そもそも彼自身のものではなかったことが明らかになるのである。個人の死が英雄化され普遍的な神話になることを、テクストはアイロニカルに忌避している。だが、マーティンの生存の物語を否定することは、マーティンの生を裏付けていた現実そのものの虚構性をも強調することになるのではないか。

ゴールディングは一九六五年に上梓したエッセイ集『熱き門』の中で、歴史を「キャンパス・ヒストリー」(campus history)と「オフ・キャンパス・ヒストリー」(off campus history)の二つに分けて考察している。「オフ・キャンパス・ヒストリー」とは、アカデミックな重要性を持った歴史である「キャンパス・ヒストリー」と対峙するような「血と骨に感じられる歴史」のことだと言う（九〇―九一）。ロッコールを巡る歴史は、第二次世界大戦から冷戦にまで及ぶ「血と骨に感じられる歴史」が根底にあるにもかかわらず、それを反故にしてしまうようなフィクションによって構築された不気味なものであった。ミシェル・フーコーは、非実在的な空間である〈ユートピア〉に対して、現実に存在しながらも「絶対的に異なった場所」である〈ヘテロトピア〉という概念を提起しているが、ロッコールはまさにポリティクスによって書き込まれ、捏造されたヘテロトピアであると言えるかもしれない。ヘテロトピアが「現在ここにある権力のヘテロトピアの内部に、それとは異なった世界を構想し、構築し、最終的に権力のヘテロトピアを内部から無化してしまうような思考」（佐藤　一三九）のことであるとするならば、ロッコールの虚無もまた、大英帝国の権力を内部から無化するはたらきを有していると言えるだろう。しかしながら、マーティンにとってみれば、それはディストピア以外の何ものでもない。

マーティンの身体は、ロッコールをめぐる核時代の生政治にことごとく絡め取られてしまっている。自らを束縛するポリティクスを抑圧＝忘却することによってのみ、彼は自由でいられるのだが、ひとたび自らの死を認めてしまうと、彼の身体は自分のものではない。ロッコールにおける無時間的な空間は、第二次世界大戦から冷戦に至る核時代の生政治がなければ、存在しえない空間であった。それは身体が剝奪され、魂だけが浮遊するディストピアであり、核時代のロビンソンだけが経験しうる煉獄なのかもしれない。

※本稿は、平成二十六年度山形県立米沢女子短期大学戦略的研究推進費の助成を受けた研究の成果報告の一部である。

注

＊『ピンチャー・マーティン』からの引用は二〇一三年の版にもとづいて、井出弘之訳『ピンチャー・マーティン』（集英社、一九八四）を参照しながら拙訳したものであり、括弧内に原書のページ数を示した。また、邦訳のある書誌に関しては既訳を用いた。

（1）ケアリーによれば、ゴールディングは一九五四年のクリスマスにロッコールを舞台にした『救助』（'The Rescue'）という小説を執筆したことを編集者に手紙で書き送っている。ゴールディングは、一九五五年の草稿の段階からロッコールを舞台にすることを決めていたように思われる（Carey 一九〇）。また、ピトックらのように、マイケル・ロバーツの詩「ロッコール」（一九三九）の影響を指摘する批評家もいる（Pittock and Roberts 四四二―四四三）。

（2）ピンチャーという名前は、姓がマーティンの者に付される英国海軍特有の渾名だが、一九一六年に出版されたタフレイル（一八八三―一九六八）の『三等水兵ピンチャー・マーティン』（*Pincher Martin,*

O.D.: A Story of the Inner Life of the Royal Navy) を想起させる。タフレイルのマーティンは、第一次世界大戦の最中、魚雷攻撃によって船から投げ出され、ブーツを脱ぎ捨てて海中で格闘した後に漁師によって救出される。『蠅の王』がR・M・バランタインの『珊瑚島』を反転させたものであるのと同様に、『三等水兵ピンチャー・マーティン』もインター・テクストとして想定しうるだろう（Tiger (2003) 九四—九五を参照）。ただし、両者の類似点をイアン・ブレイクから指摘されたゴールディングは影響関係を否定しており、ケアリーは「意図的にタフレイルへの言及を抑圧する理由はない」として「おそらくゴールディングはタフレイルを読んだことを忘れていたのだろう」と述べている（一九五）。

（3）ＭＤ１での経験は、一九六七年に上梓された『ピラミッド』(*The Pyramid*) の中にも書き込まれているように思われる。語り手＝作中人物であるオリヴァーは、第二次世界大戦で化学兵器の製造に携わったことを「私たちは毒ガスを作らなければなりませんでした。でも、それを使うことはありませんでした」（*The Pyramid* 二五四）と吐露する。ゴールディングは自らの作品について饒舌に語る作家として知られているが、自らの戦争経験については殆ど発言していない。

（4）ゴールディングが草稿の段階で提案したタイトルが「中国人はＸ線の目を持つ」(The Chinese Have X-ray Eyes) であったことは興味深い。「中国人」は「蛆虫」であるマーティンを掘り起こす〈外部〉のメタファーだと解せるが、マーティンが第二次世界大戦以降に斜陽を迎える英国をアレゴリカルに指示しているのだとすれば、マーティンを「食べる」冷戦以降の覇権国家が中国になることを予見しているようにも解釈できるのではないか。

（5）*OED* 第二版によれば、“to die in one's boot's 及び “to die with one's boots on” は、「非業の死を遂げること」(“to die a violent death”) であると説明されている。（*Oxford English Dictionary* Second

Edition を参照。）また、*Random House Webster's Unabridged Dictionary* では「戦争における殉職」を意味するイディオムとして、以下のように定義されている。

"die with one's boots on, a. to die while actively engaged in one's work, profession, etc. b.to die fighting, especially in battle, or in some worthy cause.Also, *especially British,* die in one's boots."

引用・参考文献

Blake, Ian. "*Pincher Martin*, William Golding, and Tafrail." *Notes and Queries*, IV, August (1962): 309-10.

Carey, John. *William Golding: The Man Who Wrote Lord of the Flies: A Life*. London: Faber and Faber, 2010.

Crawford, Paul. *Politics and History in William Golding: The World Turned Upside down*. Columbia: University of Missouri, 2002.

Elmen, Paul. *William Golding; A Critical Essay*. Grand Rapids: Eerdmans, 1967.

Foucalt, Micheal. "Of Other Spaces." Trans. Jay Miskowiev. Diacritics 16 (1986): 22-27. ［佐藤嘉幸訳『ユートピア的身体／ヘテロトピア』、水声社、二〇一三年。］

Fisher, James. *Rockall*. London: G. Bles, 1956.

Gindin, James. *William Golding*. New York: St. Martin's, 1988.

Girmour, Rachel. "The Entropy of Englishness: Reading Empire's Absence in the Novels of William Golding." *End of Empire and the English Novel since 1945*. Manchester: UP, 2011. 92-113.

Golding, William. *Pincher Martin*. London: Faber and Faber, 2013. [井出弘之訳『ピンチャー・マーティン』集英社、一九八四年。]

——. *The Hot Gates and Other Occasional Pieces*. London: Faber and Faber, 1965.

——. *The Pyramid*. London: Faber and Faber, 2013.

Green, Martin. *The Robinson Crusoe Story*. University Park: Pennsylvania State UP, 1990. [岩尾龍太郎訳『ロビンソン・クルーソー物語』、みすず書房、一九九三年。]

Gregor, Ian, and Mark Kinkead-Weekes. *William Golding: A Critical Study of the Novels*. London: Faber and Faber, 2002.

Hall, Basil. *Fragments of Voyages and Travels: 1st Series*. Edinburgh: R. Cadell, 1831.

Kermode, Frank. "Golding's Intellectual Economy." *William Golding: Novels 1954-67*. Ed. Norman Page. London: Macmillan, 1985. 50-66.

Lodge, David. *The Art of Fiction*. London: Penguin, 1992.

Macdonald, F. "The Last Outpost of Empire: Rockall and the Cold War." *Journal of Historical Geography* 32.3 (2006): 627-47. Web.

Pemberton, Clive. *William Golding*. London: Longman, 1969.

Pittock, M. J.W, and J.G. Roberts. "Michael Roberts and William Golding." *English Studies* 52. Issue 1-6 (1971): 442-43.

Sugimura, Yasunori. *The Void and the Metaphors: A New Reading of William Golding's Fiction*. Oxford: Peter Lang P, 2008.

Taffrail. *Pincher Martin, O. D.: A Story of the Inner Life of the Royal Navy*. London: W. & R. Chambers, 1916.

Tiger, Virginia. *William Golding: The Dark Fields of Discovery*, London: Marion Boyars, 1974.

——. *William Golding: The Unmoved Target*. New York: Marion Boyars, 2003.

Virilio, Paul. *War and Cinema: The Logistics of Perception*. Trans. Patrick Camiller. London: Verso, 1989.〔石井直志・千葉文夫訳『戦争と映画——知覚の兵站術』平凡社、一九九九年。〕

高橋了治「書き直された不在の物語—— *Pincher Martin* とテクストの探究」『東北』（三三）　東北学院大学文学研究科、一九九九年、六七—八六頁。

宮原一成「捨てきれないもの」『ウィリアム・ゴールディングの視線——その作品世界』開文社出版、一九九八年、六二—七六頁。

【著者略歴】

福士　航（ふくし　わたる）

東北大学大学院文学研究科博士課程修了、博士（文学）。東北学院大学准教授。
主要業績 :『ポストコロニアル批評の諸相』、東北大学出版会（共著、2008）、『イギリス王政復古演劇案内』、松柏社（共著、2009）、'*The Relapse* and an End of the Restoration Comedy,' *Shiron* 48 (2014): 25-42.

服部典之（はっとり　のりゆき）

大阪大学大学院文学研究科博士後期課程中途退学、博士（文学）。大阪大学教授。
主要業績 :『詐術としてのフィクション——デフォーとスモレット』、英宝社 (2008)、『「ガリヴァー旅行記」徹底注釈　注釈篇』、岩波書店（共著、2013）、『薬局——十七世紀末ロンドン医師薬剤師大戦争』、音羽書房鶴見書店（共訳、2014）。

岩田美喜（いわた　みき）

東北大学大学院文学研究科博士課程修了、博士（文学）。東北大学准教授。
主要業績 :『ライオンとハムレット—W・B・イェイツ演劇作品の研究—』、松柏社 (2002)、『ポストコロニアル批評の諸相』、東北大学出版会（共編、2008）、"'Let us see what our painters have done for us': Garrick and Sheridan on the Spectacularization of Drury Lane," *Studies in English Literature* 55 (2014): 19-38.

小林亜希（こばやし　あき）

東北学院大学大学院文学研究科英語英文学専攻博士後期課程満期退学、文学（修士）。山形県立米沢女子短期大学講師。
主要業績 :「『蠅の王』 におけるアイロニー ——語りとアレゴリーの時間性」『英文學研究支部統合号』Vol. IV『東北英文学研究』 第 2 号 (2012): 115-122,「供儀とキリスト表象 ——『蠅の王』 における死」『東北』 第 45 号 (2012): 1-14,「〈疚しさ〉 の問題—— *The Pyramid* (1967) における回想の構造」山形県立米沢女子短期大学紀要第 50 号 (2014): 23-34.

フィクションのポリティクス

2015年3月25日　印　刷　　　2015年3月30日　発　行

著　者© 福　士　　航
服　部　典　之
岩　田　美　喜
小　林　亜　希

発行者 佐　々　木　元

発行所 株式会社 英　宝　社

〒101-0032 東京都千代田区岩本町2-7-7 第一井口ビル
☎ [03] (5833) 5870　Fax [03] (5833) 5872

ISBN 978-4-269-72135-7 C3098
[組版：(株)マナ・コムレード／製版・印刷：(株)マル・ビ／製本：(有)井上製本所]

定価（本体1,800円＋税）